令和万葉秘帖

～長屋王の変～

大杉耕一

郁朋社

主な登場人物

長屋王　父は㊵天武天皇の長子、高市皇子。母は㊳天智天皇の皇女、御名部皇女。妃は㊸元明女帝の皇女、吉備内親王と、皇統では㊺聖武天皇をも上回る有力な皇位継承の血統。豪放磊落、文藝や詩歌管弦を愛した。藤原不比等の薨去後、実権を握る。皇親派の政治を主導し、藤原一族と対立する。

大伴旅人　大伴総本家の氏上。正三位中納言、大将軍として長屋王を支えたが、藤原の謀計により大宰帥として九州へ隠流し（栄転に見せかけた左遷）。病妻郎女、少年家持、書持を連れ赴任。太宰府では山上憶良に再会、家持兄弟の個人指導を要請した。愛妻郎女は太宰府で病没。憶良と筑紫歌壇を創り、人生歌、社会歌を詠んだ。

大伴坂上郎女　旅人の異母妹。初婚の穂積親王薨去後、藤原麻呂の妻となるも捨てられる。旅人の庶弟、宿奈麻呂の側妻となるが、死別する。義姉郎女の逝去により急遽西下し、家持、書持の面倒を見る。以後大伴一族の家刀自の役割で兄旅人を支える。旅人と共に憶良の企画する「万葉歌林」に協力する女傑。

藤原武智麻呂　不比等の長男で藤原一族の氏上。不比等は次男房前を参議に登用したので兄弟の間には微妙な隙間がある。不比等薨去後、正三位中納言として旅人の次席となる。聖武帝の生母宮子、帝の夫人光明子は異母妹であり、一族を代表して長屋王に対抗する。長屋王の自害後は、大納言、さらに右大臣となる。

藤原房前（ふささき）　不比等の次男。正三位ながら万年参議。教養深く、皇親派と藤原一族の協調政治を模索するが、不首尾に終わる。兄武智麻呂、弟宇合、麻呂とは何かにつけて距離を置く。文人として旅人や憶良と親交がある。

藤原宇合（うまかい）　不比等の三男。官人として政治力、軍事力あり。長屋王の変の当時は、難波宮の建設長官であったが、聖武帝の詔で大将軍新田部親王に代わり、六衛府の指揮権を得て、長屋王邸を包囲する。

藤原麻呂
不比等の四男。武智麻呂、房前、宇合とは異母弟。大伴坂上郎女を誑（たぶら）かした遊び人。謀計に長けており、長屋王の変の当時は、左京区の長官として左京人の無頼を使って、長屋王謀反の誣告（でっち上げの密告）をさせた。

山上憶良
語学や漢学に優れ、遣唐使節の録事に抜擢され渡唐した経験がある。長屋王の実力本位人事で、従五位下の貴族、伯耆守。聖武天皇の皇太子時代の東宮侍講となるが、藤原一族に疎まれ筑前守として太宰府に左遷される。旅人に「山辺衆という候（うかみ）の首領」と身を明かす。「類聚歌林」を、歴史資料集として「万葉歌林」への充実を図り、旅人に協力を求める。旅人と憶良は、中央歌壇に対抗して、筑紫歌壇を形成。その間に「長屋王の変」が起きる。

硃（あか）
山上憶良率いる山辺衆の候。宮廷で最高の機密情報を入手し、甚の船便で、筑紫の首領憶良に迅速的確に報告する。長屋王の変の後は、遺臣の報復に協力。関与者十数名の天誅と廻向を果たしたあと、剃髪し、沙弥閼伽となる。

船長（ふなおさ）の甚
遣唐使節船の水夫として渡唐中、憶良に一命を助けられ配下となる。帰国後は宗像海人部の頭。那大津（博多）と難波を結ぶ船便の船主兼船長として活躍。硃の得た情報を太宰府の憶良に運ぶ。

権と助
山辺衆の候。憶良の信任厚く、水夫として渡唐。唐の武芸を学ぶ。憶良の身辺警護のほか旅人一家も陰で警固。家持には、自衛の武芸唐手を教える。

沙弥満誓（さみのまんぜい）
太宰府の観世音寺の別当。俗人の時は従四位上、右大弁の高官。憶良、坂上郎女と共に鼎の脚として旅人を精神的に支えた筑紫歌壇の重鎮。

小野老（おゆ）
歌人で藤原の間諜。右少弁から大宰少貮で着任し、旅人や憶良の動静を京師の藤原武智麻呂に逐一報告。恩賞として万年従五位下から従四位下、大宰大貮にまで異例の栄進をとげたが、遺臣の報復を受け、太宰府で病没した。

令和万葉秘帖　長屋王の変／目次

【通商・外交の窓口「那大津」(博多)と、政治・国防の太宰府】

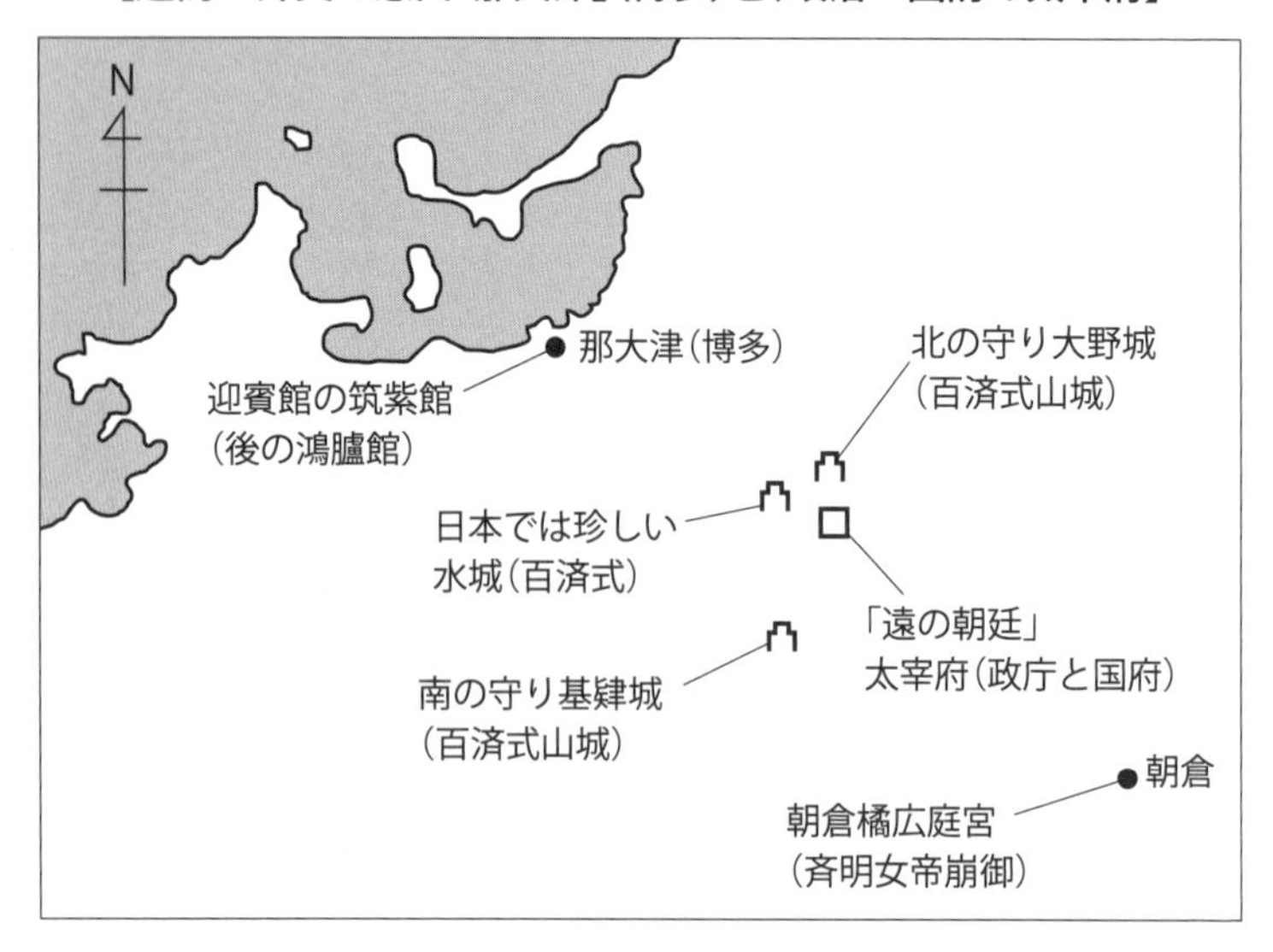

【太宰府概略図】

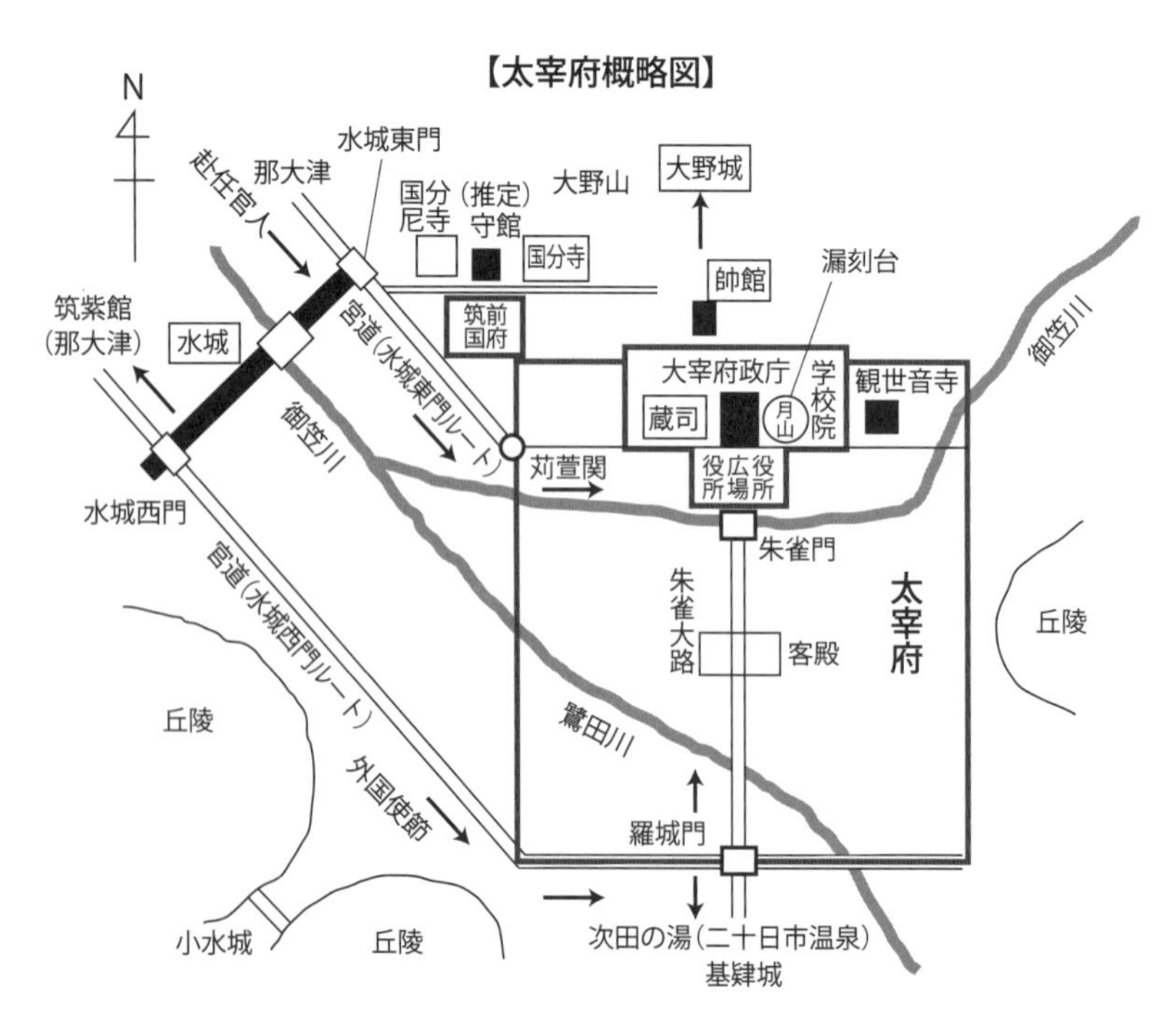

令和万葉秘帖

――長屋王の変――

序の帖　双玉左遷

> 験なき物を思はずは一坏の濁れる酒を飲むべくあるらし
> （大伴旅人　万葉集　巻三・三三八）

（一）碩学追放

神亀三年（七二六）春。宮廷に人事異動があった。

――東宮侍講　山上臣憶良　筑前守に任ず――

憶良は、聖武天皇が首皇太子時代より家庭教師であった。誰の目にも明白な、左遷――いや追放であった。天皇より憶良にお言葉があった。

「憶良、五年の間、進講ありがとう。そちの編んだ類聚歌林の和歌は、とりわけ興味深かった。礼を申すぞ」

憶良はすでに六十七歳であった。すぐに悟った。

(この老骨でなくとも、西国筑前国の国守が勤まる若手の従五位下の官人は多い。藤原武智麻呂らは吾を長屋王、いや聖武帝からも切り離したな)

天皇は続けた。

「憶良、筑前国は二等の上国だが『遠の朝廷、大宰府』がある。那大津(博多)には国外の使節を迎える『筑紫館』(後の鴻臚館)がある。使節の接遇は、国の威信に係わる。語学達者で海外国内の政事を知り、教養深いそちが赴くので、朕は安心じゃ」

しきりに瞬きをしている。

(帝のご本心ではないな。暗記した言葉だ。背後には夫人の光明子か? それとも藤原か?)

「身に余るお言葉でございます」

(宮仕えはなるようにしかならぬ)

憶良は深々と頭を下げ、退室した。憶良の本能は、微かな異変を感じ取っていた。

右大臣・長屋王の館に挨拶に赴いた。

伯耆守であった平凡な国司、山上憶良を、首皇太子の侍講に抜擢したのは、藤原不比等が薨去した後、政事の実権を掌握した長屋王であった。

「憶良、帝の申す通りよ。那大津には異国の文物が入る。珍しい酒、書籍、絵画、骨董など購い、届けてくれ。楽しみにしているぞ」

憶良は多額の餞別を頂いた。

憶良にとって国守は二度目である。最初は山陰の伯耆守であった。

伯耆も筑前も、律令では上国三十五カ国に分類され、通常従五位下の貴族が国守に任命される。最も平均的な領国である。租税の徴収と大宰府政庁への搬入、領民の戸籍の管理、郡司で処理しきれない係争の決済、領内視察など大過なく処理していた。平凡退屈な国守の日々であった。

（これで吾が官人の人生も終わりであろうな……）

（二）隠流し

神亀四年（七二七）夏。京師から憶良に、知らせが届いた。

「雨佗衣炳〇汚乎図姥酢句納馬炉図廼生卯勢衣杼預伃羽盼衣甫枝伃羽廼甫枝〇枝　硃」

書状は特殊な候――忍者の文字であった。憶良が率いる山辺衆にしか分からない。「硃」は漢語で「朱筆で批評する」との意である。平城京にいる隠れ配下の変名であった。

――右大弁・大伴宿奈麻呂殿　急逝　病名不詳の不審死　硃――

大伴宿奈麻呂は、中納言・大伴旅人の異母弟すなわち庶弟である。

右大弁は、兵部、刑部、大蔵、宮内の四省を管掌する長官である。宿奈麻呂は従四位下の高官であり、旅人が一族の中で最も信頼を置いていた傑物であった。

旅人と憶良は右大臣長屋王の下で、「文武の双玉」と呼ばれてきた仲である。

（旅人殿はさぞかし嘆かれているだろう）

旅人にお悔やみの書状を送った。

秋八月。またまた「硃」から、予想もしなかった知らせが届いた。

「句香苑持卯菜岵○汚平図姥侘杼図仮巳侘紗衣廼素持図枝手音○納衣家○持鮒耳○　硃」

――九月。中納言大伴旅人卿、大宰帥として、年内に現地赴任　硃――

（何だと。これまで大宰帥は高官の在京兼任で、現地は大弐（上席次官）に任せていたではないか。今の帥、多治比池守卿はお見えになっていない。何故、旅人殿がこの筑紫に？　これは『隠流し』だ。まさか……）

『隠流し』とは――栄転に見せかけた遠隔地への左遷――である。

憶良の推理は当たっていた。

京師、平城京の東の丘（現在の興福寺のあたり）にある藤原武智麻呂の館で、宇合、麻呂の三兄弟が、人払いをして高笑いしていた。

「兄上。長屋王の双玉を追放し、旅人の右腕を切り落とした。宿奈麻呂が右大弁で京師にいては、兵部、刑部の長官だけに、最後の仕上げが難しかった」

「麻呂、吾が館の内でも、ぺらぺら喋るな。壁に耳あり、障子に目あり。吾らが候を使うように、相手も候を放っているかもしれぬ。事が成就するまで沈黙を守れ！」

と、氏上の武智麻呂が麻呂を叱責していた。次男房前を入れると藤原四兄弟のなかで、麻呂のみ生母を異にする。狡知だが軽薄な性格を、武智麻呂と宇合は懸念していた。

左大臣に昇格していた長屋王は政務に多忙であった。まさか、聖武天皇が、上席中納言の要職にある旅人を、事前の相談もなく大宰帥に任命し、現地赴任を命ずる詔を出すとは夢想だにしなかった。天皇に詰問した。

聖武帝は蒼白になり、口を震わせて応えた。

「朕は帝ぞ――」

(そうか！　誰かがその言葉を帝に教え込んだな。女狐・光明子か、武智麻呂か。中納言の巨勢邑治は先年薨去している。旅人が宮廷からいなくなれば、中納言は武智麻呂だけになる。この詔は合法的だ。左大臣の吾とて取り消せぬ……)

剛腹な長屋王は、知の憶良、武の旅人の双璧を失ったが、それが藤原の狡猾な奸計の布石とまでは疑わなかった。赴任の挨拶に伺った旅人に、長屋王は、

「昨年の憶良、今年の旅人と、帝は余の歌の友を切り離すのが、よほどお好きな方よ」

と、苦笑した。

「親王、ご身辺にお気をつけてくだされ。何か異変の兆しあれば、奈良に残す庶弟の稲公へ、知らせくだされ。大伴の留守軍団でお護り申し上げます」

「旅人よ、そちの心遣いは有り難いが、吾は左大臣として政事を楽しんでいる。地位にも待遇にも不平不満はない。ましてや謀反など起こす必要などさらさらないわ。宴はすべて開けっ広げだ。身辺

に気を配る必要はない。藤原の候が来ても、何も得まい。（心配は無用じゃ、杞憂よ、杞憂。わはは……」

と、豪快に笑った。旅人の方を案じ、二人の息子も幼いと聞いている。磊落に餞の言葉を贈った。

「それよりも、そちは病妻を抱え、二人の息子も幼いと聞いている。太宰府へ連れていくそうだが、ゆっくり面倒を看るがよい。大宰帥とは、名は大袈裟だが暇なはずだ。現に池守は一度も赴かなかった。まあ憶良と人生の垢落しをして、ゆっくり楽しむがよかろう。旅人、三年はすぐだ。二人が揃って帰京した暁には、また佐保で楽しく飲もう」

それが永遠の別辞になろうとは知るよしもない。

だが、庶弟・宿奈麻呂の急逝と、自分の左遷に、旅人は疑念を感じていた。

（長屋王には舎人が常時百人ほどいる。使用人を入れると数百人の男がいる。藤原とてそうそう簡単に手が出せるものではない。律令の世だ。だが……何となく気になる……）

武将の野性的な勘であった。

「では、留守居役の弟、稲公との雑用の使い走りを一人置いていきましょう。大伴子虫と申す一族の若者です。剣の腕が立ち、気転も利く男です。お引き立てください」

師走。傷心の旅人は、病妻の郎女と元服前の少年、家持、書持を連れて西下した。玄界灘の風の冷たさが、心と身に沁みた。

那大津の埠頭で憶良と再会したとき、年甲斐もなくほっと救われた気がした。

験なき物を思はずは一坏の濁れる酒を飲むべくあるらし

(甲斐ないことをくよくよ思いわずらっても致し方ない。久々に憶良と飲みたい。吾が心の内をさらけ出して懇談したい……)

と、痛切に思った。

旅人と郎女は、前東宮侍講の憶良との邂逅を奇貨として、家持、書持の家庭教師を懇望した。科目は憶良の大唐見聞録、和歌の手ほどき、直近百五十年の皇統史秘話であった。

往時遣唐使節の録事であり、「類聚歌林」を編んだ憶良は、胸中深くある壮大な夢を持っていた。

筑紫へ左遷され、消えかかっていた心の炎が再び燃え上がり、快諾した。

第一帖　老着任

あをによし寧楽の京師は咲く花のにほふがごとく今さかりなり
（小野老　万葉集　巻三・三二八）

（一）小野老着任

神亀五年（七二八）四月。太宰府の周辺では、すでに桜は散り、野山には菖蒲が目立ち、気の早い株は蕾をつけ始めていた。

（年頭、帥殿に——吾は候、山辺衆の首領——と告白し、『万葉歌林』の構想を語って、もう三カ月経ったか。時の流れは速いものよ。ところでそろそろ甚から初鰹が届く頃だな）

憶良は、日毎に緑を増す大野山を眺めながら、季節の変化を告げる鮮魚の到着を待ち望んでいた。

（いい歳をした筑前守の吾が、なんとも浅ましいな……）

と、内心恥じたが、奈良では「鰹の叩き」は食べられぬ。

節取りをした鰹の表面を、藁の火で焙り、薬味をまぶして、包丁で叩き切った刺身は、奥山育ちで酒好きの憶良には、この上もない味覚であった。

甚は、那大津を拠点に、宗像海部の海人を水夫にして、難波津（大阪）や三津（堺）との間の交易船を数隻動かしている船主であり、船長である。

（三津は難波から堺に至る海岸と言われているが、難波宮や天王寺のある上町台地の西海岸あたりを難波津とし、難波の南部にある住吉大社から大和川河口あたりを三津（御津）として使い分ける。奈良盆地との物資の水運は大和川ルートであった）


鰹を待つ憶良の許へ、甚の手下が持参したのは魚ではなく、一通の封書であった。

封を切ると、一片の紙に、一行書かれていた。

「図卯香岾廼弭廼炉事◯　生◯生◯紗衣香　岾持愉卯衣　硃」

――藤花好みの老人、近々西下。ご注意　硃――

この一行の情報で、憶良はすべてを理解していた。

憶良は、夜陰に紛れ、政庁の北西、坂本の丘にある旅人の帥館を訪れた。

「そうか……。藤原は、いよいよ吾らに目付、いや大目付を寄越してくるか。お互いに言動には注意をせねばならぬのう」

武将・旅人は落ち着いていた。

五月。朝廷で人事異動が公表された。その中に大宰府政庁の人事があった。

——右少弁　小野老　大宰少弐を命ず——

候の硃が——炉事○——と、事前に知らせてきたのは、「小野老」のことであった。

旅人の前任の大宰帥は、大納言と兼官の多治比池守であった。老は、池守に仕えていた大宰少弐（次官）の石川足人の後任として着任する。

旅人が、「……大目付を寄越してくるか……」と、言った背景を少し説明しておこう。

律令では太政官は、左大臣、右大臣、大納言、中納言、参議、内大臣である。少納言は太政官の事務局である。太政官の執行機関として左弁官と右弁官が置かれている。

左弁官は、中務省、式部省、治部省、民部省の四省を管掌する。

右弁官は、兵部省、刑部省、大蔵省、宮内省の四省を管掌する。

弁官の仕事の内容は、各省の文書を受理し、各省に太政官の命令を下達し、行政を円滑に執行する。

弁官には、大弁、中弁、少弁の三階級がある。現代では長官、局長、次長である。

小野老は年齢六十歳。位階は筑前守である憶良と同じ従五位下。貴族としては末席である。しかし、大宰府は国府の上級官庁であるから、対外的には小野老が上席となる。これは現代も変わりない官僚の序列制度である。朝廷、中央官庁で右少弁であったことは、軍事、司法、金銭出納、宮廷実務に長けていることを示している。

（右少弁であった男が、大宰少弐では、一見格落ちの左遷か——と、見えるが罠であろう）

小野老。祖父は初代遣唐使の小野妹子。父は中納言であった小野毛野（けの）。名門の出自であるのに、老の出世は遅れていた。長年従五位下であった。

「その男を、藤原は何故起用して、吾の部下にしたのか？」

「藤原の候の統括役でございましょう。右中弁は同族の小野牛養（うしかい）です。太宰府の動静は、小野老から牛養へ、牛養から中納言の藤原武智麻呂へ流れましょう。大納言は多治比池守卿ながら、曲者（くせもの）は武智麻呂です。小野一族は、前々から藤原の配下に取り込まれております。くれぐれもご用心を……」


小野老が着任した。旅人は早速、役人たちを招き、少貳・小野老の歓迎の宴を催した。来賓として、造観世音寺別当の沙弥満誓（さみのまんぜい）と、筑前守の山上憶良を招いた。

宴も酣（たけなわ）になり、太宰府暮らしの長い下級官人の一人が、老に問いかけていた。

半年前に着任している旅人に、京師の世情を訊ねたくても、顕官（けんかん）の帥（そち）とは身分の差がありすぎて質問しにくい。その点小野老は少貳であるので、官人たちは気易く話ができる。

老は、地酒に顔を紅潮させて、得意気に、

「帥殿から既にお聞き及びの事とは思うが、昨年、聖武帝と光明子夫人との間に、待望の御子、基王（もとい）がお生まれになった。しかも、秋には立太子されたので、京師の内外は明るい雰囲気で賑わっているよ。もちろん、平城宮の壮麗な建物は、次々と増えており、青色と丹色（に）——朱色に輝いている。街には、位階に定められた色とりどりの官服を着た大宮人や、派手な衣の女人たちが、袖や裳裾（もすそ）を風に靡（なび）かせて、まるで絵画のようだよ」

旅人が、老に声を掛けた。

「少弐、着任記念に、一首詠んではどうか」

「それではお言葉に甘えて、ご披露致します」


あをによし寧楽(なら)の京師(みやこ)は咲く花のにほふがごとく今さかりなり

一斉に拍手が起こった。どよめきが広まった。旅人が求めた。

「名歌じゃ。もう一度詠唱を」

老は再び声高らかに朗唱した。大拍手に、老は得意の絶頂にあった。

だが、旅人の心の片隅に、引っ懸かるものがあった。

(ちょっと待てよ。素晴らしい叙景ではあるが、これでは宮廷歌人の皇室讃歌ではないか。いや、聖武帝も基王も母系は藤原の血統だ。今を時めく藤原の讃美だ……)

聖武帝の生母宮子は、藤原不比等の女(むすめ)であり、光明子夫人も不比等の女である。

(皇后でも妃でもない、出自の低い夫人(ぶにん)の御子・首(おびと)皇子が、聖武天皇として即位しているのは、皇統の慣習では異例であった。さらに、生まれて間もない御子・基(もとい)王が、皇太子に立太子したのは、皇統の歴史では皆無だ。『旅人が大宰帥として任命され、朝議にいない間に、多数決で押し切られたわ』

——と、長屋王が苦笑していたとか……)

旅人は、にこやかに老に笑みを送り、盃を取り、不快感を流した。

（老は、すでに六十歳。右少弁から大宰少弐は栄転ではない。それが何故こんなに明るく詠めるのか？……やはり筑前守が警告してくれたように、藤原から何か大きな恩賞含みで、余への目付として派遣されたな……）

——老は候——と、確信した。

（二）心境吐露

小野老の着任挨拶の内容と、奈良讃美の和歌は、大伴一族の硬派にはカチンと来た。

防人司佑——防人軍団副官の大伴四綱が立ち上がった。

「帥殿。小野少貮殿の名歌に触発されて、帥殿は——京師に帰りたいな——と、里心を起こされてはいませぬか。では、不肖それがしが、少貮殿への返歌として、余興かたがた、氏上殿を揶揄する一首を詠みましょうぞ……」

予想していなかった展開となった。髭面の武者、四綱が、どら声を張り上げて、詠唱した。

藤波の花は盛になりにけり平城の京を思ほすや君

（大伴四綱　万葉集　巻三・三三〇）

酒の入った一同は、やんやの拍手を四綱に送った。

（……四綱はやはり小野老の歌が頭に来たようだな。しかし、ここは慎重にはぐらかそう。いずれこの歌の宴は、老から藤原の耳に達するであろう。決して『藤』など読み込むまい……）

旅人は、一族の統領として、冷静な判断をした。憶良の配下、「硃」という候の事前情報で、十分な心構えができていた。

「四綱よ。返歌として、思いつくままの感慨を口にしよう。それがしは、和歌の師、筑前守の指導により、心に迸る想いを、何の粉飾もせず、そのまま詠むぞ」

全員が大拍手をして、長官・旅人の詠唱を待った。旅人は大きく息を吸って、間を取った。

　わが盛また変若めやもほとほとに寧楽の京を見ずかなりなむ

　（大伴旅人　万葉集　巻三・三三一）

（わが盛りの時が、また還ってくることがあろうか。いやそんなことはありえまい。年老いて辺土に朽ち、奈良の都を見ないまま終わってしまうのではなかろうか）

宴の出席者全員が旅人の心境を察したのか、酔いが醒めたように、静かになった。

　わが命も常にあらぬか昔見し象の小河を行きて見むため

　（大伴旅人　万葉集　巻三・三三二）

大監（だいげん）・大伴百代（ももよ）など大伴一族や、歌好きの官人たちは、ピンと来た。神亀元年（七二四）聖武天皇の即位後、聖地である吉野宮への行幸に、旅人が随行し、その際に、象の歌を詠んでいたことを承知していた。

「三首目に参るぞ」

（帥殿、今宵は感興大いに催しておられるな。場所は奈良から吉野へ移ったか）

と、一同が興味を持った。旅人が、目を閉じて、詠唱を始めた。

浅茅原（あさぢはら）つばらつばらにもの思（も）へば故（ふ）りにし郷（さと）し思ほゆるかも

（大伴旅人　万葉集　巻三・三三三）

（帥殿は、浅茅原の葦原に懸けて、――つらつら物思いに耽（ふけ）っていると、古びてしまった故郷がしみじみと思われることよ――と、吉野から明日香へと思いを馳せられた。寸簡（すんかん）に、これほどの歌がすらすらと詠めるのは流石だ。天賦の才だ……）

小野老は感服して聴いていた。

旅人が酒杯を取り、飲み干した。

「皆の者、四首目ぞ、よく聞け」

わすれ草（ぐさ）我が紐（ひも）に付く香具山の故（ふ）りにし里を忘れぬがため

（大伴旅人　万葉集　巻三・三三四）

（小野老よ、四綱よ、皆の衆よ、余が忘れ草を衣の紐に付けようと詠んだのは、香具山の古里を忘れたいのではないぞ。本心は、醜い政争の、寧楽の都こそ忘れたいのだ――）

旅人の歌の調べには、小野老が宴の冒頭に詠んだような、華やかな雰囲気は微塵もない。それだけに、一首一首に、一同の心を深く打つものがあった。

望郷――。奈良から太宰府へ派遣されている官人たちの、心の奥底には、（いつ都へ戻してもらえるのか……）常に不安があった。旅人は、部下たちの心情を察していた。

「では五首目。最後の歌ぞ」

わが行は久にはあらじ夢のわだ瀬にはならずて淵にあらなも

（大伴旅人　万葉集　巻三・三三五）

（吾が旅、大宰帥としての期間は三年。そう長くはない。吉野川の「夢の曲」よ、瀬とはならずに、淵のままであってくれよ）

曲とは、川の流れが曲がる場所である。吉野川には「夢の曲」と呼ばれる有名な岩場があり、聖なる場所であった。吉野川を詠むことには重大な隠喩がある。壬申の乱の折、この地に避難し、挙兵の旗揚げをした大海人皇子、すなわち天武天皇を偲ぶことを意味する。それはまた、天武天皇の嫡男であり、壬申の乱の勝利の功績者でありながら、生母の出自のために、皇統を継げなかった英傑、高市皇子への敬慕でもある。さらには、高市皇子の嫡男で、旅人や憶良、山部赤人ら、武人、文人を愛でた長屋王が、まだまだ左大臣の要職で変わらずにいてほしい――との願望が籠められていた。長屋王は、この頃、一部の信奉者や領民などに「長屋親王」とも呼ばれるほど、藤原一門に対する皇親派の巨頭になっていた。

（山高ければ風強し。昨日の淵が、藤原の陰謀で、明日は瀬とならぬように……）

との旅人の祈りであった。

出席者の拍手に応えて、旅人は二度詠唱して腰を下ろした。

（長屋親王様、吉備内親王様。三年後には帰京しましょう。今しばらくお待ちください――吾が歌が、親王への密やかな暗号であることを知る者は……憶良のみであろう……）

旅人は、大弐や少弐たちの下座に、沙弥満誓と並んで座っている憶良の方を見た。視線が合った。

憶良が頷いた。旅人は咽喉が乾いていた。

「酒を持て」

給仕の美女になみなみと注がせ、一気に飲み干した。旅人が女に声を掛けた。

「そなたの名は？」

「児島と申します」

「筑紫娘子」として令名高い才媛の遊行女婦との、初の出会いであった。

（三） 歌宴たけなわ

一人の官人が立った。小野老に事務を引き継いで、奈良へ帰る少貳・石川足人（たりひと）であった。

「帥殿。皆の衆。いろいろお世話になりました。それでは私も一首詠みます」

さす竹の大宮人の家と住む佐保の山をば思ふやも君

（石川足人　万葉集　巻六・九五五）

佐保の山は奈良平城京の東北の郊外、旅人の私邸がある佐保の里の裏山である。「刺竹」とは、竹が勢いよく成長し繁栄する様子に重ねて、祝福を意味し大宮人に懸かる枕詞である。

「石川少貳。吾が大伴家を祝福いただきありがとう。しかし余は、格別佐保を恋しいとは思ってはいないよ。では君に和（こた）えて、一首……」

やすみししわが大君の食国（をすくに）は大和も此處（ここ）も同（おや）じとぞ思（おも）ふ

（大伴旅人　万葉集　巻六・九五六）

（大君が隅々まで治められる国は、大和もここも同じだと思います――京師へ帰る石川足人に、こう

返歌しておけば、聖武帝も藤原一門も――旅人に不満無し――と安堵するだろう）

酔ってはいても、旅人の頭は醒めていた。

小野老歓迎の宴は、いつしか筑紫歌壇の歌の宴にと変わり、盛り上がっていた。

宴席の進行を取り仕切っていた少典（しょうさかん）――係長の忌寸（いみき）若麻呂が立ち上がり、一同に「鎮まるように」と、声を掛けた。

「それではご来賓の満誓殿と、筑前守殿にも歌を頂戴致しましょう」

と、二人に黙礼した。

身長の高い痩身の老僧が立った。背筋がピンと伸び、風格が座の空気を圧倒する。

造観世音寺別当の沙弥満誓（さみのまんぜい）である。一同が静まった。当然である。

満誓――俗名は笠朝臣麻呂（かさのあそみまろ）。国守として美濃守、尾張守を務めた後、尾張、参河（みかわ）、信濃の三国を監査する按察使（あぜち）。その後、中央政権の要職、右大弁――長官となった。位階は従四位上（じゅしみ）。当時、元明太上天皇（皇太后）の病気回復祈願のためと称し、官職を辞し出家していた。

元明太上天皇は、皇親の長屋王と、藤原一族の協調政治を熱望していた。満誓は長屋王派であった。

沙弥とは、出家はしているが、正式の僧侶として仏法の戒律を受けていない在家僧をいう。

太宰府の観世音寺は、百済救援の直前、朝倉橘広庭宮（あさくらのたちばなのひろにわのみや）（福岡県朝倉市）で崩御された斉明（さいめい）女帝の冥福を祈るため、天智天皇が発願（ほつがん）した寺である。しかし巷（ちまた）の片隅では、――生母斉明天皇からなかなか譲位してもらえない中大兄皇子（なかのおおえのみこ）が、即位するため、遠征先の行宮で、密かに暗殺されたのではないか？　鬼火が出たのはその所為（せい）ではないか？　――との噂もあった。

「観世音寺建立は冥福よりも鎮魂贖罪（ちんこんしょくざい）であろう……」

と、囁（ささや）かれていた。

（真偽のほどは闇の中であるが……中大兄皇子ならば……あり得たかもしれぬ）

満誓は、醒めた眼で観ていた。

中大兄皇子は、乙巳（いっし）の変では、母皇極帝（斉明帝）の目の前で、女帝の愛人・蘇我入鹿（いるか）の首を刎（は）ねた。天皇候補の一人、古人大兄（ふるひとのおおえ）皇子一家を斬殺。岳父の蘇我倉山田石川麻呂を謀殺。義兄孝徳天皇を憤死させ、その御子有間（ありま）皇子を謀殺していた。天智天皇は、血の匂いが消えない帝（みかど）であった。大海人皇子は、天智天皇の殺意を感じて、吉野へ逃げ助かった。

観世音寺は天智天皇の発願であったが、皇統の争いで、建築は一時頓挫していた。満誓が別当に任命され、赴任した養老七年（七二三）には、まだ建立中であった。


小野老は、畏（かしこ）まって満誓を仰ぎ見た。

実は八年前の養老四年（七二〇）十月、従五位下の小野老が右少弁に栄転した時、従四位上の笠麻呂も同時に右大弁に昇叙していた。僅か一年であったが上司であった。前の職場の、はるかに高い地位――長官であった大先輩の前では、小さくならざるを得なかった。

満誓は大人である。微笑みながら口を開いた。

「まあまあ、皆の衆。拙僧が立ったとて、説教をするわけではない。固くならずともよい。墨染（すみぞめ）の衣（ころも）は着ているが、中身は俗人よ。ははは。……では、花の京師（みやこ）からお出でになった小野老殿に、拙僧が、この筑紫を少し宣伝しよう」

満誓は、呼吸を整えて、朗々と発声した。

しらぬひ筑紫の綿は身につけていまだは著ねど暖かに見ゆ
（沙弥満誓　万葉集　巻三・三三六）

「小野少貳殿。ご承知の通り、ここ不知火の筑紫の国は、真綿の名産地でござる。拙僧は出家の身ゆえ、いまだ着てはいないが、とても暖かそうに見えますぞ」

満誓は先輩風を吹かさなかった。元部下の、しかも地位も低い老に、丁寧に説明した。

（満誓殿は、さりげなく詠まれているが、歌の背景には、真綿を生産する農民たちがいる。彼らは物納に追われ、自分が作った真綿の布団には寝ていない――と、暗に説明されている）

税の取り立てをしている国司の憶良は、貧窮の農民の生活に、想いを馳せていた。

老は、そこまでは想いが至らない。満誓に、「はい」と、応えるほかなかった。

「筑紫はのう小野殿、ことのほか物産豊かで、人は男も女も、真綿のように心暖かい。京師は花の盛りかもしれぬが、それは不知火……筑紫では、花より団子よ。山の幸、海の幸、大いに食を楽しみなされ」

酒脱な挨拶に一同はやんやの拍手をした。

「それでは筑前守殿、どうぞ」

と、若麻呂が憶良を促した。憶良はゆっくりと立ち上がった。場の空気を読んだ。

(もう宴は終わりに近い。若い官人たちは、そろそろお開きを待っているな。よし、彼らに変身して詠もう)

憶良らは今は罷(まか)らむ子泣くらむそれ彼(そ)の母も吾(わ)を待つらむぞ

(山上憶良　万葉集　巻三・三三七)

どっと爆笑が湧き、大拍手となった。口笛を吹く者もいる。

「憶良殿は、いつから若い奥方と幼いお子達が出来なされたのじゃ?」

「待ち焦がれるのは……那大津の遊行女婦(うかれめ)どのかな……」

「いやいや、倭唐屋(わとうや)の楓様かな……」

驚いている小野老に、隣席の同僚少弐・粟田比登(あわたのひと)が説明した。

「憶良殿は、ご覧の通り七十歳近いご老体です。ご子息・船主(ふなぬし)殿はまだ若く、京師の宮廷で陰陽寮(おんみょうのつかさ)の史生(ししょう)とか聞いています。律令の定めの通り、憶良殿は当地に単身赴任でござる。長年独り身とのこと。仕事まじめで、女遊びもされない筑前守殿が、妻子持ちの若者に代わって詠まれたのです。まことに的を射ておられるから、かように大喝采を浴びているのでござる」

「なるほど。よく分かりました」

「憶良殿は変身して詠む名人でござるよ」

少武二人が話し合っている間に、宴席の方は、若麻呂が笑いを抑えながら、

「吾らも愚妻が待ちわびていましょう。憶良殿に続いて、『罷らむ』と、致しましょうぞ」

と、散会を告げた。

老は、歓迎の宴の雰囲気に圧倒された。複雑な気持ちで官舎に帰った。酔いは醒めていた。

（京師を出発前、中納言・藤原武智麻呂卿に呼ばれた。――内々だが、万一、大伴旅人や山上憶良に現職不満の様子、あるいは朝政批判の言動あれば、右中弁・小野牛養を経由、速やかに密使をもって知らせよ。恩賞は昇格と昇進だ――と、命ぜられた……今日、寧楽の繁栄ぶりを詠んだが、当地では誰も和えた歌を返してこなかった……旅人殿は、飛鳥や吉野を懐かしみ、満誓殿は花より真綿を誉められた。憶良に至っては、そろそろ宴を退出したいと詠んだ……吾は、大宰府では帥殿、大貳殿に次ぐ三番の地位ではあるが、……外野には元右大弁の上司満誓殿、元東宮侍講の憶良など、長屋王と親しい大物の面々が揃いすぎている……）

老は孤独を感じた。

（それがしの歌は、平城京の宮廷歌人たちであれば、秀歌として高く評価してくれよう……もっと拍手喝采を得たであろう。……だが、筑紫では殆ど無視された。何故だ？……藤原の候の束ねという裏任務が、すでに露見しているのか？　まさか……それにしても、筑紫の歌人たちの歌風には驚いたな。叙景も、色恋も、皇室讃美もない。思うがまま詠むのか……。これほどまでに歌風は京師と異なるのか……）

太宰府で宮廷歌人風の優雅な和歌を、大いに詠み、歌人としても活躍しよう――と、意気込んでい

た老の作歌意欲は、急速に委縮していた。

第二帖　女丈夫の西下

来むといふも来ぬ時あるを来じといふを来むとは待たじ来じといふものを
（大伴坂上郎女　万葉集　巻四・五二七）

（一）郎女逝く

旅人は、政庁帥部屋の北の窓から、目の前にそそり立つ大野山を仰ぎ見た。涼しい山風が心地よい。

（平城京の中納言部屋の窓からは空しか見えない。京師を吹く風に、このような緑が匂うさやけさはなかった）と、自然の差異を敏感に受け止めていた。佐保の里のように小鳥の鳴き声が姦しい。燕があちこち飛び交っている。

大野山には百済式の巨大な山城が構築されていた。山上には防人たちが居住している。

（奈良から赴任してきた吾でさえ――遥々遠くへ来たものだ――と思うことがあるが、東国から動員

された防人たちも、さぞかし望郷の念に駆られていることだろうな）

若かりし頃大隅隼人の反乱を鎮圧するために、京師の軍団と九州の防人軍団を率いた経験のある武将ならではの思いやりであった。

政庁では日常的な帥の仕事はない。大貳（副長官）の紀男人がほとんど決裁する。旅人は手持無沙汰であるから、もっぱら好きな漢籍を読み耽り、大貳、少貳あるいは大監の大伴百代などの暇をみて、雑談に過ごす。しかし今は、新任の小野老と前任の石川足人は業務の引継ぎに忙しい。

（名門小野一族でありながら、老は万年従五位下の末席貴族なのは世渡りが下手なのか。真面目以外に取り柄のなさそうな老が、藤原の候の束ね役で吾の目付に赴任してきたとは、憶良に耳打ちされてなければ、とても見抜けぬ。これからは平素の茶飲み話にも気を配らねばならぬ。百代にも知らせておこう）

政庁では大監の大伴百代が旅人の秘書役のような役割を担っていたからである。

旅人は自室を出た。執務室の紀男人たちに、「今日は早退する」と、声を掛けた。

男人が近寄ってきて、小さな声で、「奥方様のご容態は、……」と、訊ねた。

「うむ。あまりよくない。この夏が越せるかどうか分からぬ」

と、大きく首を振った。

二人の少貳も立ち上がって、目礼した。

（老は、吾と男人の会話も、武智麻呂に報告するであろう）

旅人は、微笑みを返した。

郎女の病状は暑さの増すごとに、悪化していた。終日臥す日が続いていた。しかし憶良の講義には、旅人や家持、書持とともに皆出席していた。憶良の講論を楽しみにしていた。

（これまで大伴本家、氏上の妻として家事や雑務を取り仕切る気疲れの日々であった。しかし太宰府には病人として付いてきた。余命いくばくもないことは自覚している。ここでは親子四人、朝な夕な食事を共にして、のんびり過ごしている。幸せだわ）

冗談半分に、「左遷も悪くないわ」と前置きして、旅人に、

「筑紫に参って、碩学の憶良様に首皇太子様と同等、いやそれ以上のお話を、直接拝聴できるなんて、日本国中の女人の中で妾一人でございますのよ。女子で前東宮侍講に教育を受けるなんて、夢のようでございますわ。病の進行など気にしていません。意識のある限り聴講致します」

と、気丈な発言をしていた。

（郎女にはこれまで随分と苦労を掛けてきた。臨終まで好きなようにさせよう）

旅人は出席を止めなかった。

六月中旬、郎女は旅人の腕に抱かれ、家持、書持に見守られながら、静かに息を引き取った。その瞬間、旅人は人目をはばからず号泣した。

中納言、大宰帥の旅人は、左大臣長屋王、大納言多治比池守に次ぐ高官である。朝廷から弔問の勅使として式部大輔石上堅魚が下向し、葬儀は滞りなく終わった。遺体は大野山に埋葬された。旅人は

堅魚に、弔問答礼の和歌を託した。

——歌は、迸り出た感情を、そのまま文字にすればよい——との憶良の指導通り、旅人は詞書にも心情を赤裸々に吐露した。「禍故重疊り、凶問累に集まる。永に崩心の悲しみを懐き、独り断腸の泣を流す。……」と、前置きして詠んだ。


世の中は空しきものと知る時しいよよますます悲しかりけり

（大伴旅人　万葉集　巻五・七九三）


重篤の病妻を抱えていた旅人を、光明子夫人や藤原武智麻呂らの強制により、筑紫へ左遷の勅を出した聖武天皇は、自分への痛烈な当てこすりと受け取り、狼狽した。

長屋王は、勅使の石上堅魚を呼んだ。——旅人卿の落ち込みは尋常でない——と報告を受けた。詞書に——ただ両君の大きなる助けに依りて、傾命纔かに繼げらくのみ——と知るや、直ちに憶良に——萬誓と立ち直りの手を打て——と密書を送った。

旅人の憔悴は、口さがない朝廷の官人たちの間でも話題になっていた。佐保の里では旅人の異母妹坂上郎女や一族の長老たちが、「いつまでも嘆いていては大伴の氏上の沽券に係わる。何とかせねばなるまい」と気を揉んでいた。

藤原武智麻呂の許には、右中弁の小野牛養を経由して、——旅人卿の落胆甚だしく、京師の政事に対する批判不満の言動皆無。武人らしからず——と、老の報告が届いていた。

(二) 二人の女人

郎女(いらつめ)がいない帥館(そちやかた)は、灯が消えたように暗く、ひっそりとしていた。旅人は朝な夕な大野山を見上げては合掌し、涙を流した。

長屋王からの密書を受けた憶良は、満誓と対策を練った。

(このような時には、まずは旅人殿の心境に立って、寄り添おう。本人になり代わって挽歌を詠み、お慰めしよう。立ち直りの助言はその後でよい)

憶良は国内の巡視先で、一夜旅人に変身して想念の術に入った。すらすらと挽歌五首が浮かんだ。すぐに旅人に届けた。

大野山霧立ちわたるわが嘆くおきその風に霧立ちわたる

(山上憶良　万葉集　巻五・七九九)

息嘯(おきそ)とは吐息である。他の四首も旅人の心境や行動をそのまま表現していた。

(憶良殿は吾が悲しみを分かってくれている。ありがたい。得難い心の友だ。だが吾が心にぽっかり空いた虚しさは、どうしようもなく大きい)

と、ふさぎこんでいた。

一方、造観世音寺別当の沙弥満誓は、仏法の説く諦観思想を歌にして旅人に示した。

世間を何に譬へむ朝びらきこぎ去にし船の跡なきごとし

（沙弥満誓　万葉集　巻三・三五一）

（萬誓の説く仏教の無常観も諦観思想も理性ではよく分かる。だが現実の感情では郎女がいとおしい）

旅人はなかなか悟りきれなかった。

その様子を見て、憶良は第二弾の手を打った。

「気分転換に、次田の湯（現在の二十日市温泉）でのんびりされてはいかがですか」

と、湯治を勧めた。

だが、逆効果であった。湯治先から憶良に、郎女追慕の歌が届いた。

湯の原に鳴くあし鶴はわがごとく妹に恋ふれや時わかず鳴く

（大伴旅人　万葉集　巻六・九六一）

湯治先から帰った旅人は、憶良に心境を歌で吐露した。

愛しき人のまきてし敷たへのわが手まくらをまく人あらめや
（大伴旅人　万葉集　巻三・四三八）

憶良は自らの膝を叩いた。

（わが手まくらをまく人あらめや――、ありますぞ、帥殿）

「権、今夜は闇夜だ。藤原の候の目につかぬよう子の刻（午前〇時）参上したいと満誓殿に伝えよ」

数時間後、漆黒の観世音寺の庫裏で憶良と満誓が向き合っていた。表は権、裏は助が見張っている。

「満誓殿、帥殿から近況の歌が届きました」

と憶良は披露した。

満誓は、憶良の意図をたちどころに理解した。満誓は並みの沙弥ではない。俗界にあっては従四位上、右大弁の高官であった。甘いも酸いも噛分けた人物である。

「ほう。旅人殿は――郎女様以外には手まくらをまく人はいない――と詠まれているが、そなたの申すよう、奥深い心の内では、手まくらをまく女人を暗に求められているな。お立ち直りは早いぞ。京師に暮らされている側妻の多治比郎女様にお出でいただくわけにはいくまいから、この太宰府か那大津の女人、たとえば先日小野老の歓迎の宴に呼んだ遊行女婦の児島はどうだ。彼女は筑紫娘子と名声の高い、しっかり者の才媛だ」

「それがしも同感でございます」

「善は急げ――だ。そなたの馴染みと聞き及んでいる那大津の楓は女人の扱いが長けている。まとめを頼んではどうだ」

「承知しました。明日にでも」

「旅人殿のもう一つの心配事は、中納言大宰帥の奥向きの切り盛りと、大伴本家を継ぐ家持殿の今後の家庭教育かと推測致します」

「帥殿は高齢ゆえに、格別お悩みだろうな。そなたに腹案はあるのか」

「実は今佐保の館を守られている坂上郎女様に西下していただく案はいかがでしょうか。坂上郎女様は、旅人殿の異母妹であるとともに、旅人殿の異母弟宿奈麻呂様の未亡人でもあります。気丈な才女であると聞き及んでいます。若たちには血縁の叔母になりますから、亡くなられた郎女様に代わり、大伴家の教育ができるのではないでしょうか。坂上郎女様には二人の童女がいらっしゃるとか。若たちには従姉妹になり、火の消えたような坂本の館が賑やかになって、帥殿の鬱も消えましょう」

「それはいいところに気が付いた。さすがは憶良だ。早速坂上郎女様の西下も帥殿に進言して、ご同意を得ようぞ」

船長の甚が京師に向かい、長屋王に憶良の返書を届けた。その足で佐保の里に飛び、坂上郎女と大伴の長老たちに仔細を話した。異存はなかった。坂上郎女一家を帰り船で運んだ。

旅人の鬱病は嘘のように快癒し、家持たちへの憶良の講義も再開される運びとなった。

（三）男運

運命と人の縁（えにし）は不可思議である。坂上郎女の不幸な男運、その後の義姉大伴郎女の病死や筑紫での憶良との出会いにより、彼女は後に大女流歌人となり、万葉歌林の編集や大伴本家の存亡に深くかかわる立場になる。したがって、坂上郎女の三度の結婚に少し紙数を割（さ）く。

坂上郎女は、旅人の亡父・安麻呂が、側室・石川内命婦（ないみょうぶ）（本名石川郎女）との間にもうけた異母妹である。内命婦は、四・五位の高い地位にある宮廷の女官である。

安麻呂は石川内命婦との間に男子も生ませていた。坂上郎女には実弟になる稲公（いなきみ）である。

二人は幼い日より、異母兄の旅人を慕い、尊敬していた。安麻呂は石川内命婦を、奈良の坂上の里（奈良市法蓮町北町）に住まわせていた。坂上郎女は、その地名に因んだ命名である。

安麻呂は当時大納言・大将軍という政界と軍事の最高位に立っていた。歳をとってできた女（むすめ）は可愛い。大伴氏族の氏上として、朝廷での地歩を固めたい欲もあった。坂上郎女が十歳を過ぎた頃から、側室として娶（めと）ってくれる皇親を探した。

安麻呂が決めた初婚の相手は、天武天皇の御子、穂積皇子（ほづみのみこ）であった。

皇子は慶雲二年（七〇五）、三十二歳の若さで知太政官事――民臣では太政大臣――に任命され、政界の最高位にあった。その地位に驕（おご）ったのであろうか、こともあろうに、天武天皇の長子、高市皇（たけち）

子の妻、但馬(たじま)皇女に懸想し、密通した。

高市皇子は穂積皇子の異母兄になる。壬申(じんしん)の乱では、父大海人皇子（天武帝）を援け、大功があった。ご生母、尼子娘(あまこのいらつめ)は筑紫宗像の豪族の女(むすめ)で、皇族や王族ではなかった。

——卑母である——との理由で、天武天皇の後継順位では、草壁皇子、大津皇子に次いで屈辱的な第三席にあった。しかし、高市皇子の人物、実力は高く評価されていた。高市皇子——長屋王の父——は、自らの立場を冷静に弁(わきま)え、皇室を陰で支えていた。

それゆえ、穂積皇子の密通は、朝廷内外の顰蹙(ひんしゅく)を買った。

夫・高市皇子と穂積皇子の板挟みになった但馬皇女は和銅元年（七〇八）薨去した。

このとき穂積皇子は三十五歳の男盛りであったが、正妃はいなかった。

坂上郎女は、僅か十三歳であった。父、安麻呂の命に従って、何も分からないまま穂積皇子に嫁いだ。愛なき政略結婚であった。幼な妻は皇子の子を孕(はら)むことなく、日々を送った。

女(むすめ)を皇親と結婚させた安麻呂は和銅七年（七一四）薨去した。

翌年夏、穂積皇子は四十二歳の若さで薨去した。坂上郎女は、夫の逝去に格別悲しい気が起きなかった。亡父、安麻呂が住んでいた佐保の館に帰った。まだ二十歳の若さであった。

大伴の氏上を継いだ旅人と義姉(あね)の郎女が、出戻りの妹を暖かく迎えた。

坂上郎女は結婚で男を知った。性愛の深さを知った。秋の夜長、冬の独り寝、春の小鳥の囀(さえず)り。彼女は燃え上がる性欲に悶々として、日々を過ごしていた。

彼女の心を見透かすように、貴公子から熱烈な相聞歌が届いた。

藤原朝臣麻呂。当時、左大臣として臣下筆頭の地位に立ち、権勢を恣にしていた藤原不比等の四男であった。弁舌の才に恵まれ、官人として多能と評判であった。母は、天武帝の元夫人、五百重娘。嫡流ではないが、正妻の子・武智麻呂、房前、宇合ともに、藤原四兄弟の末弟として、出世街道を歩いていた。

養老五年（七二一）二十六歳の若さで従四位下に昇進、左京大夫——左京区長官であった。

麻呂が、若き未亡人、坂上郎女に贈った口説きの和歌は、ズバリと心の臓を射止めた。


むしぶすまなごやが下に臥せれども妹とし宿ねば肌し寒しも

（藤原麻呂　万葉集　巻四・五二四）


（ふっくらとした柔らかい布団の下に寝ているけれども、愛しい貴女とともに寝るのでないから、肌は寒々としているよ。一緒に寝よう）

恋を知らなかった坂上郎女は、この歌にホロリとなった。麻呂にぞっこん惚れてしまった。

恋の歌が、堰を切ったように、胸の奥から迸り出た。麻呂に返歌を送った。

忽ち恋に燃え、麻呂の夜這いを待つ妻問いの関係となった。


千鳥鳴く佐保の河瀬のさざれ波止む時も無しわが恋ふらくは

（大伴坂上郎女　万葉集　巻四・五二六）

千鳥鳴く佐保の河門の瀬を広み打橋渡す汝が来とおもへば

（大伴坂上郎女　万葉集　巻四・五二八）

しかし、藤原麻呂は「琴酒に沈湎した」と、称される名うての遊び人であった。だんだんと足が遠のいてきた。坂上郎女は（せめて年に一度は来てほしい）と、歌にした。

佐保河の小石ふみ渡りぬばたまの黒馬の来る夜は年にもあらぬか

（大伴坂上郎女　万葉集　巻四・五二五）

麻呂と坂上郎女との間に、いつしか寒々とした秋風が吹いていた。そして、とうとう坂上郎女の堪忍袋の緒が切れた。

来むといふも来ぬ時あるを来じといふを来むとは待たじ来じといふものを

（大伴坂上郎女　万葉集　巻四・五二七）

（来ると言っておいて来ない時があるのに、来ないだろうというのを来るだろうと待ちはしないよ。

来ないと言っているのだから）

藤原麻呂との熱烈な恋は、三年ほどで終わった。

（あんな女誑しに弄ばれて、私としたことが、口惜しい……）

勝気な坂上郎女が落ち込んだ。

（せめてもの救いは、あの男の胤を宿さなかったことだ）

坂上郎女は、人の寝静まった深更、館の前を流れる佐保川に出た。手桶を持っていた。半月が傾いていた。人の気配はなかった。はらりと衣を脱いだ。裸身が、淡い月光の下にほの白く浮かんだ。手桶で清冽な流れの水を汲み、頭から被った。何杯も何杯も被った。晩秋の水は、凍てつくように冷たかった。

（浄めたい……麻呂との想い出を流し尽くしたい……）

と、願っていた。一時は惚れぬいた男であった。その男に見捨てられたが、佐保川の水を浴び、未練は断ち切った。しかし、自尊心は傷つけられて、癒されない。

佐保の里に沈んでいる坂上郎女を、暖かく包み込んだ初老の武人が現れた。

大伴宿奈麻呂。坂上郎女には異母兄になる。旅人とも異母兄弟である。若い頃、従六位下から一挙に三階級昇進し、従五位下の貴族に叙せられ、世間を瞠目させた逸材であった。坂上郎女が穂積皇子に嫁ぎ、その後、藤原麻呂の妻問いの身になっていた頃は、備後守として地方に赴任中であった。備後、安芸、周防の山陽道三国の按察使——地方行政、司法の監察官に出世し、このほど従四位下・右大弁の高官となって帰京した。

　武の大伴氏族にとっては、右大弁職を押さえた人事は意味が深かった。

（藤原一族は、正三位の吾を、なかなか大納言に任命せず、万年中納言に据え置いている。人当たりのよい宿奈麻呂なら、右大弁をうまくこなすだろう。一族のためによかった。多分左大臣長屋王の人事であろう……）

　氏上の旅人は、宿奈麻呂の栄転を喜んだ。


　宿奈麻呂は田村の里（奈良市尼辻町）の自宅に帰ると、すぐに長兄で氏上の旅人の住む佐保に足を運んだ。帰京の挨拶の席に坂上郎女が顔を出した。宿奈麻呂は、幼かった少女が﨟長けた貴婦人に変貌しているのに驚いた。旅人がこれまでの事情を、かいつまんで話した。

「左様でしたか」

　と、旅人に言って、宿奈麻呂は坂上郎女を見た。坂上郎女は暖かい眼差しを感じた。

「そなたは若いのにいろいろと気苦労したのう。だがな、人生は長い。――過去は無きなり――だ。明るい明日を、自分で創るがよい」

（明るい明日を？　どうやって創るの、兄上……私の悩みを知らずに、よく言うよ……）

　と、坂上郎女は内心反発した。しかし、

――過去は無きなり。人生は長い――との言葉に、少し救われた思いがした。

数日後、再び宿奈麻呂が佐保の館に来た。

「今日は何の用だ？」

と、訝る旅人に、宿奈麻呂は微笑みを返した。

「兄者、妹のことでござる。あまり評判の良くなかった穂積皇子には死別した。遊び上手、口上手の藤原麻呂には、娉られ、棄てられ、憐れです。愚妻ともよく話し、――吾が傍妻に是非――と、お願いに来ました」

日本では古来、同母の兄弟姉妹間の媾合――男女の性行為は、禁忌であった。しかし、異母兄弟姉妹間の結婚は容認されていた。皇族や豪族では、むしろ普通であった。

坂上郎女に異存はなかった。宿奈麻呂には田村の里に正妻がいたので、坂上郎女は佐保の里に住み続けた。初めて心の広い、男の愛を知った。二人の女、大嬢と二嬢を産んだ。女の究極の悦楽を知った。結婚の良さが、心と体で分かった。幸せな日々であった。

しかし、運命は非情である。三度目に掴んだ幸福な結婚生活は長続きしなかった。

神亀四年（七二七）夏、夫、宿奈麻呂が腹痛で急逝した。

（病気一つしたことのない武人の夫が……？）と、茫然自失した。

その年の九月、兄、旅人が大宰府に左遷された。大伴本家の女である。いつまでも亡夫の追悼に泣き暮れるわけにはいかなかった。佐保の邸を守り、旅人や郎女に代わり、一族を切り盛りせねばならなかった。

翌神亀五年（七二八）夏。

——大伴本宗家の家刀自、郎女様、薬石効なくご逝去——との報せが佐保に届いた。

坂上郎女は、——天は大伴に苛酷である——と、嘆いた。

憶良の求めで筑紫へ来て、——天智系皇族と天武系皇族、藤原一族と大伴氏族の宿命的な抗争の渦の中に、自分も身を置いている——と、知ることになった。

第三帖　誣告

> 大君の命恐み大あらきの時にはあらねど雲がくります
> （倉橋部女王　万葉集　巻三・四四一）

（一）自尽

明けて神亀六年（七二九）春、二月中旬。太宰府の憶良の館へ、船長の甚の配下の若者が、息せき切って、走り込んできた。那大津から早馬を飛ばしていた。

「難波津にいます船長が、『憶良殿に直に渡せ』と、早船を仕立てられ、持参しました封書でごぜえます」

差出人は書かれていない。急いで封を切った憶良は、その暗号文の内容に、一瞬目が眩んだ。気を取り直した。

唖衣衣持菩卯
納賀邪枝○耳菀生衣持耳杼呉持字字○　辞侘衣廼弭生羽歩菩卯　枝紗衣菀己菩卯　硃
第一報
——長屋親王二月十二日ご自尽　事態のみ急報　仔細追報　硃

(長屋王がご自尽!……まさか……左大臣の……あの豪胆なお方が)

憶良は、終日落ち着かなかった。いらだった。

翌日、別の若者が「硃」の第二報を持参した。

憶良は深夜、黒装束に身を包み、権と坂本の丘の旅人の館に疾走した。途中、不審な者が尾行していないか、あるいは忍んでいないか、気を配った。

旅人と坂上郎女は、第一報と第二報に、色を失った。とりわけ坂上郎女は、文中に藤原麻呂の名を見て、動顚(どうてん)していた。

山辺衆候の「硃」は、手際よく、事態を纏めていた。

第二報　経緯
二月八日。聖武天皇、元興寺にて大法会開催、長屋親王を食膳供応長官に任命。無作法の沙弥(さみ)が炊事処に侵入。親王、笏(しゃく)にて沙弥の頭を打つ。

沙弥、「凶事起こる」と、泣きわめく。僧ら親王の悪評を流布（るふ）。

——これすべて藤原の脚本による芝居なり　硃

二月十日。左京人、漆部造君足（ぬりべのみやつこきみたり）、中臣宮処連東人（なかとみのみやつこのむらじあずまひと）の二名。「長屋王、私（ひそ）かに左道（さどう）を学び国家（みかど）を傾けんと欲す」と、左京大夫・藤原麻呂に密告。

——藤原仕組みの誣告（ぶこく）なり　硃

二月十日夜。藤原宇合（うまかい）——式部卿、知造難波宮事なれど、五衛府（えふ）及び中将府の大兵を率いて、長屋親王邸を包囲。

隊長・衛門佐（えもんのすけ）・従五位下・佐味虫麻呂（さみむしまろ）。同左衛士佐（さえじのすけ）・外従五位下・津嶋家道（つしまいえみち）。同右衛士佐（うえじのすけ）・外従五位下・紀佐比物（きのさいもつ）。

——中将府長官の房前卿は不参加　硃

二月十一日。

昇任人事　権（ごん）参議に三名

中務卿　正四位上　多治比縣守（あがたもり）

左大弁　正四位上　石川石足（いわたり）

弾正尹（だんじょうのかみ）　従四位下　大伴道足（みちたり）

——藤原の意図は深謀、豪族の囲い込みか　硃

二月十一日。聖武天皇、左記六名を親王邸へ派遣、訊問。

知太政官事　一品（ぽん）　舎人（とねり）親王

大将軍　　一品　　新田部親王
大納言　従二位　多治比池守
中納言　正三位　藤原武智麻呂
右中弁　正五位下　小野牛養
少納言　外従五位下　巨勢宿奈麻呂
――参議　藤原房前卿、訊問団に任命されず　硃

二月十二日。聖武天皇、長屋親王に自尽の命を発す。

使者、新権参議・左大弁・石川石足
石足は、――親王、内親王、王子全員自害すべし――との命を伝達。

親王は、王妃・吉備内親王、皇子・膳夫王、桑田王、葛木王、鉤取王を扼殺された後、ご自害。

藤原不比等の女、長娥子妃および安宿王らは全く咎めなし。生存。

長屋親王弟、鈴鹿王も咎めなき模様。

――あくまでも長屋親王の直系男子の断絶が目的　硃

「非道過ぎる。何と残酷な……長屋王は、お妃やお子達をお手に掛けられた後、ご自害されたのか……何とも傷ましい……」

旅人が、はらはらと大粒の涙をこぼした。

気性が強いとはいえ、坂上郎女は女人である。吉備内親王の心中を察して嗚咽していた。

暫く時が流れた。憶良が口を開いた。

「帥殿、多治比縣守卿ら三名の権参議昇任を含む、公式の勅が太宰府に届くには、通常の駅便で、あと三・四日はかかりましょう。それまではこの件は、吾ら三名の胸中に秘め、平素と同様に過ごしましょうぞ」

「心得た」

と、旅人が言葉少なく頷いた。しかし、激しい怒りが、心頭に発していた。

（藤原一族め、女狐、光明子め、そして帝よ……）

大伴は、古くは伴造である。大王家直属の警固の家臣――直臣であることを誇りにしてきた。律令の制になったが、天皇の命に背いてはならない――と、平素意識してきた。だが、この時ばかりは、その自制を失った。帝の命による性急な処刑を憎んだ。

（余が中納言・大将軍で京師に居たら……）

憤怒と同時に、旅人の理性は、憶良が率いる山辺衆の情報蒐集能力の高さと迅速さに驚嘆し、冷静に評価していた。

（「硃」という候は、いったい何者か？　これほどの宮廷の内部情報を、いち早く知るとは……纏め方も見事だ。……官人か？　大伴が使う軍候の比ではないわ……報告伝達の連携組織も見事だ……これが憶良の候の集団か）

坂上郎女は顔を伏せ、まだ肩を震わせて泣き続けていた。

(別れたとはいえ、前夫・藤原麻呂が、兄上の左遷人事のみか、またまた悪だくみに加担している。己の配下に誣告(ぶこく)――でっち上げの密告――をさせるとは、何事ぞ！……卑怯だ……長屋王様とご一家に、何とお詫びしてよいか……取り返しがつかない……申しわけない)

坂上郎女と藤原麻呂には複雑な男女の事情があった。それだけではない。

(もしや亡夫、大伴宿奈麻呂の急逝も、長屋王事件のための藤原の陰謀か？……)

と、疑念を懐き始めていた。

(二) 深謀

旅人と坂上郎女を前に、厳しい顔をした憶良が、冷静な発言を続けた。

「藤原一族の狙いは、中大兄皇子・天智帝の血統の天皇と、藤門の権勢確保が第一でございます。文武帝・聖武帝は、天武天皇の系譜の如く『武』のついた天皇でございますが、母系から見ますと、天智帝の血が濃ゆうございます。昨年暮、お子達への特訓『まほろばの陰翳(いんえい)』で、――不比等卿は中大兄皇子の落胤――と、秘話を述べた折に、この血統の問題もお話しました」

二人は、頷いた。

「皇親の実力者であられた長屋親王は、大海人皇子・天武帝のご長子・高市皇子のご嫡男であり、直系の皇孫でございました。藤原のような特定の外戚の血流はなく、膳夫王はじめ四王子様は皇孫と認められていました。つまり長屋親王も御子たちも将来の天皇になられる可能性が、高うございました。この天武直系の長屋親王や王子様全員を抹殺したのは、皇位継承の芽を摘むためでした」

「恐ろしいことだ」

「長屋親王ご一家殲滅（せんめつ）後の、次なる標的は……」

と、言って、憶良は間を取った。

「どなた様でしょうか？」

坂上郎女がしびれを切らしたように、憶良に促した。

「藤原一族とは比較にならない軍事力と、人望を持つ大貴族、旅人殿の大伴でございます」

「えっ、吾が大伴本家を！……」

坂上郎女は吃驚（びっくり）した。旅人は、ゆっくり深く頷いた。

「されば、旅人殿、坂上郎女様。吾らはいかなる事態にも、瞋怒（しんど）せず、ひたすら静観しましょうぞ。長屋親王を悼む挽歌、悲傷歌は一切抑えましょうぞ。今は我慢の時、堪忍の時でございます。大伴には古来の諸豪族が味方しましょうから、藤原とて、軽々には手を出すまいと思いますが、用心しましょう。ここ太宰府には、小野少貮はじめ藤原の候がうようよし、吾らを観察していましょう」

二人が同意した。

「それにしても、温厚中立の皇親派である多治比池守卿が、尋問者の一人になられているのは衝撃であるな」

池守は、旅人の側妻、多治比郎女の伯父である。それだけに旅人は落ち着かなかった。憶良の解説を知りたがった。

「聖武天皇、いや実際には藤原武智麻呂や光明子は、長屋親王を孤立させるために、意図して、全太政官を訊問者に任命されたと推測しております。池守卿は大納言ゆえ、否応なく巻きこまれたのでしょう。長屋親王が左道——不正な道などを学ぶ方ではないことを知っているだけに、池守卿は苦悩されたと思います」

「中将府の長官、房前卿が、包囲軍を率いずに、担務の異なる式部卿、知造難波宮事——難波宮造営長官——の宇合めが、指揮を執ったのは解せぬな。さらに、参議の房前卿や、弾正尹（だんじょうのかみ）の道足が、訊問に立ち会っていないのは何故であろうか？」

「そのこと、最も重要でございます。知五衛府事——皇居を守護する五衛府の長官——は新田部親王でございます。しかし、権限のない宇合が、密告のあった日の夜、朝廷六衛府の全軍を指揮できたのは、聖武天皇の事前の許可、勅があったからです。房前卿は古参の参議ゆえ、当然、訊問団に名を連ねて然るべき方でございます。しかし、房前卿は長屋親王と極めて親密で、皇親派と藤原一族の協調に苦慮されていました。それゆえに、最初からこの謀計の蚊帳の外に置かれたか、……あるいは帝の任命に、ご自分の意志で強く抗（あらが）ったのではないか……と、愚考致しております」

「なるほど。して道足の除外は？」

「皇親の犯罪を調べるのは、弾正尹（だんじょうのかみ）の職務でございます。しかし、藤原は、弾正尹の大伴道足卿に、——密告、包囲、処刑を瞬時に取り進める——謀計を、事前に話すことはできませぬ。いかに藤原と親しい道足卿とはいえ、漏洩の危険があります。それゆえ、道足卿を、謀計にも訊問にも加えず、完全に無視して、棚上げしたのでございましょう。……旅人殿、これは聖武天皇と光明子および藤原三兄弟の仕組んだ壮大な謀計ですぞ。恐ろしいことでございます。聖武天皇は、長屋親王や膳夫王を、——皇位を脅かす危険な存在——と、相当に怖れていたのでございましょう……」

(憶良の解説は明快だ。全貌が分かりそうだ……)

旅人は質問を続けた。

「訊問者の任命に先立ち、同日付で権参議——定員外の仮の参議——三名を叙任したのは、いかなる意図か？……不自然すぎるが……」

「砞が——意図深謀——と、書いている通りでございましょう。まず、石川石足卿は、功労褒賞でしょう。ご存知と思いますが、石川の姓を名乗っていますが、もともとは蘇我姓です。伯母に当たる方が、藤原不比等の妻となり、武智麻呂、房前、宇合を産んでいます。石足卿は、血の濃い従兄弟として、最近、頓に藤原一門を支えております。それゆえ、今回の策謀には当初より加わり、——長屋親王へ処刑の伝達をし、ご自害を確認する——という、人の嫌がる汚れ役の使者を、引き受けた褒美でございましょう」

「なるほど。では縣守卿は？」

「多治比家は代々皇室に仕える公卿であり、長屋親王に近い貴族でございます。政争に加担することを避けてきた家風でございます。先代嶋殿は、それ故に皇室の信頼篤く、左大臣を長らく勤められてきた忠臣の名門です。当主池守卿も、政事よりも土木工事の実務を好まれる方であり、皇室崇拝者です。多治比氏族を代表して、池守卿は大納言の地位に在りますから、今、この一族から参議を出す必要はありませぬ。長屋親王とは昵懇(じっこん)であられた池守卿を、無理矢理、訊問団に加えられた聖武天皇、……実は武智麻呂は、その代償として、弟の縣守卿を、権参議に昇任させたのでしょう。池守卿はすでに従二位・大納言でございますから、これ以上の昇叙はできませぬゆえ。更に縣守卿は中務卿として、異例の詔勅を認め署名し、聖武帝に親署させております。……それがしは、池守卿や縣守卿の心中いかばかりであったかと、同情致します」

「よく分かった。で、吾が一族の道足の昇任は？」

「二つの意味がございましょう。第一は、先刻申し上げました弾正尹(だんじょうのかみ)という職務です。本来ならば、道足卿が、親王の方々をも摘発、訊問、断罪できる職務にあります。その道足卿に、この誣告事件を知らせず、更に訊問団にも入れず、策謀の外に置いてきた詫びといいますか……道足卿の面目を無視してきた代償でございましょう」

「第二の意味は？」

「長屋王を『親王』と、内々にお呼びするほど親しかった大伴一族への牽制と、分断策でございましょう。道足卿は大伴の分家筋ではありますが、ご父君は、壬申(じんしん)の乱の功臣、馬来田(まぐた)殿でございます。そのご嫡男として、正三位の氏上殿に次ぐ従四位下の高い身分でございます。――道足を権参議とするから、大伴一族は口を出すな――という暗黙の口止めでございましょう」

「そうか……聖武天皇、光明子夫人、藤原一門の、余に対する無言の牽制か、圧力か」

旅人は腕を組んで、暫く瞑想した。

（長屋親王様はさぞかしご無念であらせられただろう。今後どなたを主と仰げばよいか……）

涙が溢れて止まらなかった。

（道足は格別才能がある男ではない。一族の中で信望がある人物ではない。親の七光り、大伴の分家筋という血統だけで昇進してきた。女（むすめ）を房前卿の子息、鳥養（とりかい）殿に嫁がせ、藤原一門と姻戚関係を深めている……ここで道を誤るとか、己を過信せねばよいが……）

と、氏上の旅人は案じた。

（京師より遠く離れて、筑紫にいるのがもどかしい……もし、右大弁だった宿奈麻呂が存命だったら……もし、余が京師にあれば、この事件は阻止できた……いや、いかに藤原といえども、誣告や処刑を実行できなかったであろう……待てよ……宿奈麻呂の急な病死も……もしや……藤原が候を使った巧妙な毒殺だったのではないか？）

旅人は切歯扼腕（せっしやくわん）した。夫人・光明子に操られる聖武天皇を再び恨んだ。

憶良が醒めた眼で「硃」の書簡を見ながら、旅人に指で示した。

「帥殿、この一連の公表人事をじっとご覧ください。辞令で表面に出ているのは、藤原は武智麻呂と宇合。他は親王お二方。多治比は池守卿と縣守卿、大伴は道足卿。蘇我は石川卿。小野は牛養。巨勢は宿奈麻呂。包囲隊長には佐味（さみ）、津嶋、紀の武人。世間から見れば、この事件では藤原の影は薄められております。あたかも——皇親と、大中貴族・豪族が連合して、長屋王を糾弾（きゅうだん）している——との印象を与えるでしょう。これだけの知恵は……」

「武智麻呂や宇合では及ぶまい。疑いたくはないが、ひょっとすると房前卿も……いや、これは考えたくないな」

「帥殿、坂上郎女様。……吾らの言動には、重ねて注意しましょうぞ」

「よく分かった。それにしても、吉備内親王様や王子がたも断罪とは酷だ。傷ましい」

三名は期せずして合掌していた。

「憶良様。兄上には背景がすべてお分かりのようですが、女の私には複雑すぎて、お話に理解が付いていけない部分がございます。今後、家持、書持を母親代わりに守り抜き、養育するためにも、事ここに至りました経緯や、長屋王ご自身のご生涯などを、日をあらためて、詳しくご解説いただけませぬか……」

「憶良殿。妹の申す通りだ。吾は年老いている。余が長逝した後は、家持が成人するまで、いや、その後も妹が大伴の舵を取らねばなるまい。憶良殿、妹によく教えてくだされ」

「承知致しました。特に長屋王と藤原一族の確執を中心に、夜、密かに講義致しましょう。ではこの皇統と藤原の相関図をご覧になっておいてください」

そう言い残して、憶良は忍び装束のまま、闇夜に消えた。

皇統と藤原の相関図

（数字は明治政府作成の皇位継承順位）

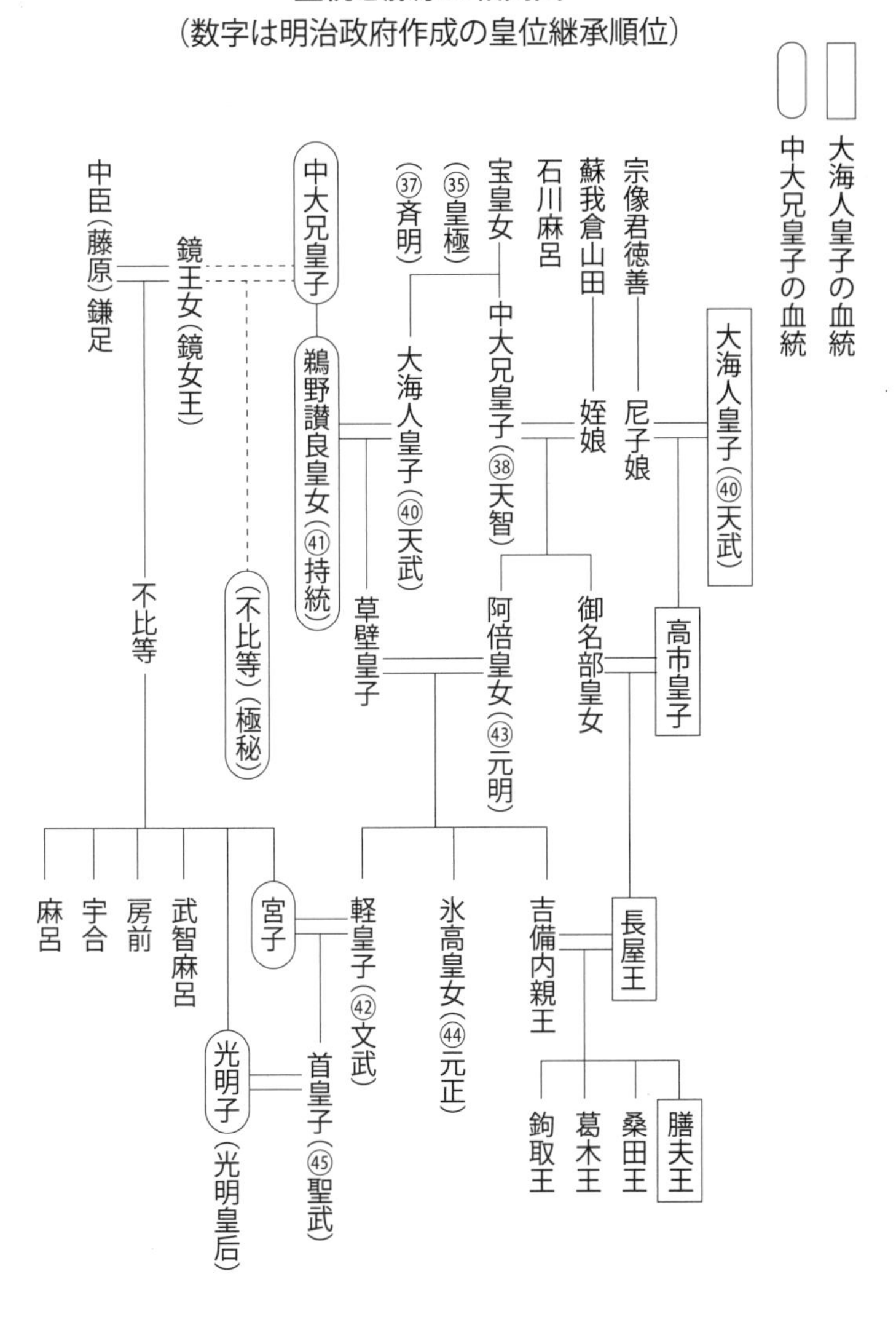

第四帖　拮抗（きっこう）

> ひさかたの天漢瀬（あまのかはせ）に船浮（う）けて今夜（こよひ）か君が我許（わがり）来（き）まさむ
> （山上憶良　萬葉集　巻八・一五一九）

憶良は坂上郎女に、二晩をかけて、長屋王の人物像や藤原一族との軋轢（あつれき）と、藤原の謀略を詳しく解説した。「時代は遡（さかのぼ）り一部に重複はございますが、ご了承を。またご理解しやすいように、先般の『皇統と藤原の相関図』をご用意ください」と、前置きした。

（一）長屋王入閣

長屋王。一部の信奉者は長屋親王とも呼ぶ。大宝律令では、「親王」は、天皇の兄弟か、御子しか使えないが、特例であった。父は、天武帝（大海人皇子）の長子、高市皇子。母は、天智帝（中大兄皇子）の皇女、御名部皇女である。天武帝の孫になる。

正室は吉備内親王。内親王は草壁皇子と元明女帝の皇女である。文武帝には妹となる。生母の御名部皇女は元明女帝と同母姉妹になるので、皇位を継承しうる身分にあった。しかし持統皇后（のちに天皇）が強硬に反対し、高市皇子も長屋王も皇位に就けなかった。高市皇子の生母（長屋王には祖母）が、宗像君徳善の女で卑母――との理由であった。本音は、天智帝の皇女、持統女帝が自分の血統を皇位に就けるためであった。

宗像氏は名門豪族である。血筋では、首皇子（聖武帝）よりも上位――と見る豪族が多かった。それゆえ朝廷は、和銅八年（七一五）、長屋王と吉備内親王の御子である膳夫王ら四人の王子を、皇孫扱いとした。膳夫王は、将来、もし大夫（五位以上の貴族）たちが決議すれば、天皇の候補になれる。このあたりから、藤原一族が、長屋王と膳夫王たちを、皇位継承の競合相手として、強く意識するようになった。夫人・光明子（藤原安宿媛）に男子がなかなか生まれなかったので、一族は危機感を抱いていた。

長屋王は、誰が見ても高貴の身分である。大宝四年（七〇四）二十六歳で、正四位上の特別措置の叙を受けた。伯母の元明女帝は、長屋王の才幹を高く評価していた。宮内卿、式部卿と長官を歴任。養老二年(七一八)正三位大納言。遂に台閣に列なった。豪放磊落。政治能力抜群。詩歌文藝を愛し、しばしば宴を開いた。在来の貴族、豪族はもとより、官人、文人に人望があった。

これまで朝廷を牛耳ってきたのは、右大臣、藤原不比等であった。天智帝が中大兄時代から盟友であり寵臣であった藤原鎌足の息子である。

鎌足の素性は、神官の中臣と伝えられるが、信ずる貴族、豪族はいない。藤原は鎌足からの新興貴族である。鎌足は渡来系であった。それゆえに、内心、鎌足や不比等の専横に反感を持っていた在来系の貴族、豪族は、長屋王の皇親政治に期待した。

長屋王は賢明であった。傑出した大政治家、右大臣の不比等とことを構えず、彼を支える大納言として協調した。例えば、二人で養老律令の策定に着手したほか、皇太子の外祖父になる不比等の要望を容れ、首皇太子に朝議を陪聴させた。

不比等は六十歳を過ぎ病気がちだった。朝政はほとんど長屋王の主導で決まっていた。

翌養老四年（七二〇）二月、大隅隼人が大反乱を起こした。長屋王は、不比等に、大伴旅人を征隼人持節大将軍に任命することを進言した。旅人は短期間に、見事この反乱を収拾し、朝廷の危機を救った。

五月、舎人親王が責任者となっていた日本書紀が完成した。不比等は「史人」と名乗っていた若い頃から、編集の中心にいたので、

「これで日本にも初めて国史が出来た。唐に馬鹿にされずに済む」

と、上梓を殊の外喜んだ。

待ち望んでいた書紀の完成に安堵したのか、三カ月後の八月、巨頭不比等は遂に長逝した。

不比等は、実は天智天皇が中大兄皇子時代に鏡王女に孕ませ、鎌足に下賜して生まれた落胤である。貴種と功労に対する最高の配慮として、朝廷は、正一位太政大臣を追贈した。

この追贈の使者に選ばれたのが、大納言長屋王と、中納言大伴旅人であった。

「政事」の巨頭と、「武人」の筆頭である。壬申の乱以来、両家は戦友として交誼を続けていた。二人は親子二代にわたる主従の仲であった。

不比等の薨去は、藤原一族に大きな不安を齎した。

翌養老五年（七二一）正月、長屋王は、従二位に昇叙し、不比等の後任として右大臣となった。中納言の大伴旅人が、大納言に昇格するかと予想されたが、その辞令はなかった。光明子や藤原一族が強硬に反対したのである。

舎人親王が知太政官事（民臣の太政大臣）であるが、右大臣長屋王が台閣の首班であった。

一月二十三日、長屋王は山上憶良を東宮侍講団の一員に任命した。首皇太子の帝王教育役である。この人事は、天下の貴族、官人たちを驚かせた。歴代の侍講は身分高く、家柄の良い貴族で、学問や官職に長けた者が起用される慣例であった。

憶良の姓は臣である。侍講の中で臣は憶良だけであった。地位は貴族最下位の従五位下。前職は地方の国守、伯耆守であった。しかし、新しい実権者となった長屋王は、大胆であった。氏素性の詳らかでない憶良を、東宮侍講に抜擢した。

長屋王は、まだ二十五・六歳だった頃から、遣唐使少録の憶良の学識を知っていた。憶良を漢詩や和歌の宴に招き、人物を自分で確認していた。

憶良は、当代随一の碩学として公認された。

十月になって、首皇太子の祖母、元明上皇の病は重篤となった。上皇は、病床に右大臣・長屋王と、参議・藤原房前を呼ばれた。

「皇親を代表する長屋王と、外戚の藤原一族が協調して、皇太子の叔母、元正天皇を支え、さらに、皇太子が即位以後の政事も支えてほしい。そのため房前を『内臣（うちおみ）』に指名する」

と、二人に切々と後事を託した。「内臣」は非公式の職名である。房前を首皇太子の後見役として、従三位に昇叙し、兄武智麻呂と同格にした。

元正天皇は独身女性であり、首（おびと）皇太子が即位するまでの繋ぎであった。

長屋王は房前と緊密に打ち合わせつつ、次々と画期的な政策を実行していった。その政策の策定には、憶良が大きく関与していた。房前は憶良の博識と公（おおやけ）に尽くす精神に感銘を受けていた。政治、経済、宗教の話であるが、列挙してみよう。

養老六年（七二二）

四月　墾田百万町歩の開墾計画を発表

七月　僧尼の違法活動禁止　長屋王は極めて熱心、まじめな仏教信者であった。

ちなみに「山川異域　風月同天　寄諸仏子　共結来縁」と刺繍した袈裟千本を唐の高僧に寄進。この袈裟を見た鑑真は、遠い日本へ戒律を伝えようと決意したという。この頃、朝廷の厚い庇護を受けていた僧や尼の規律は乱れていた。規律に厳しかった長屋王は、仏教界の反発を買った。これも悲劇の一因となった。

九月　近畿以外でも調（人頭税の農水鉱産物の物納）に代え、銅銭での納税を施行。

和同開珎（わどうかいちん）などの銅銭による貨幣経済が地方にも浸透した。

養老七年（七二三）

四月　三世一身法を施行。自ら灌漑用水を開き、田畑を開墾した者には、本人、子、孫の三代にわたり私有を認めた画期的な政策である。農民は喜び、生産高は飛躍的に伸びる切っ掛けとなった。

これらの為政と並行して、文藝の興隆にも積極大胆であった。佐保の別邸に、宴会用の佐保楼を建築した。公卿、官人を問わず、詩人、歌人、文人等を招き、華やかな宴を開催した。参議で内臣の藤原房前、武将で中納言の大伴旅人、碩学で東宮侍講の山上憶良、歌聖・柿本人麻呂の家風を継ぐ宮廷歌人の山部赤人、そのほか当代一流の文藝人が常連であった。

宴には、美しい衣を身に付けた専属の舞姫たちが、音楽に合わせて見事な踊りで客を供応した。長屋王は――富む者の然るべき散財は、民を潤し、文藝を発展させる――と考えていた。

美食家としても超一流であった。料理に提供される食材は、全国にまたがる領地、三十余所から、名産品が集められた。例えば、上総（かずさ）の荏胡麻（えごま）油、武蔵の菱の実、伊豆の荒鰹（かつお）、美濃の塩漬け鮎、越前の栗、若狭や周防（すおう）の塩、摂津の塩漬け鯵（あじ）、越前や近江の米、紀伊や讃岐の鯛、阿波の猪、などである。父方の祖母の実家、筑紫の宗像家からは鮒ずしや塩漬け鯛が届いた。

酒は、王邸の酒司（さけのつかさ）が、全国から銘酒を集めた。夏には奈良の都祁（つげ）村（天理市）の氷室（ひむろ）から、天然の氷が運ばれた。全てが天皇の催す宴会に勝るとも劣らぬ豪華さであった。

長屋王の本宅は、平城京の東南の斜め真向いにあった。「長屋皇宮」とも呼ばれた豪華な館であった。敷地は四町歩（六万平方米、東京ドームの一・五倍）。北門は二条大通り、南門は三条大通りである。個人の館で北の大通りに面して、門を開くことは禁止されていたので、北門は特例であった。

王邸には、家政の事務所や日用品を自製する工場や保管の倉庫などがあった。広大な庭園は嶋造司が管理した。薬師処もあった。馬司、犬司のほか鶴司もいた。

右大臣・長屋王は、この平城京の宏大な館で、数百人の家臣や使用人を駆使した。また、佐保の別邸の「作宝楼（さほろう）」で、内外の要人や文人を招き、宴席を張った。

器量も大きいが、生活の在り様も桁違いであった。これが天智系貴族を刺激していた。

（二）拮抗（きっこう）

勢力、力がほぼ等しく、相対抗して、互いに屈しない状態を――拮抗――という。

天智天皇と天武天皇が崩御した後の政治の実権争いは、両派がほぼ拮抗していた。お互いに緊張感を持って、天智帝や天武帝が理想とした律令国家が着々と形成されていた。

天智系と天武系の拮抗は、「現皇統・外戚」対「皇親・在来豪族」の構図であった。

天智（中大兄皇子）派
持統天皇（天智の皇女）首皇太子（聖武天皇）（持統の曽孫）光明子夫人（不比等女）
藤原不比等（天智落胤）藤原武智麻呂（不比等の長子）宇合（三男）麻呂（四男）

天武（大海人皇子）派
高市皇子（天武の皇子）　長屋王（天武の孫）
大伴安麻呂（天武支持）　大伴旅人（安麻呂の長子）

他方、皇太子、光明子、武智麻呂たちが拱手傍観（きょうしゅぼうかん）していたわけではない。

養老七年（七二三）七月七日は、陽の数字「七」が三つ重なる。東宮侍講・山上憶良から日本古来の和歌や、唐の漢詩などについて個人指導を受けていた首皇太子は、「まことにめでたい年だ」と、七夕の宴を華やかに開催した。

開宴の初句、名誉ある献詠者には、山部赤人や笠金村などの宮廷歌人や、藤原宇合の部下である高橋虫麻呂ら著名な歌人たちを差し置いて、憶良が指名された。

専門の歌人から誰を選ぶか難しい。しかし、東宮侍講で碩学の憶良を撰ぶことは、無難であり、歌人たちにも納得ができた。憶良は、日本最初の総合和歌集とでもいえる『類聚歌林（るいじゅうかりん）』七巻を私費で上梓し、皇太子の教材にしていたので、宮廷歌人たちからも一目置かれていた。

憶良の名声は確固たるものになっていた。貴族、宮廷歌人だけではない。『類聚歌林』編纂の過程で、名もなき民衆歌人からも尊敬を得ていたから、聖武天皇の指名は妥当であった。

七夕は、もともと中国の五節句の行事である。牽牛、織女の伝説は、日本で古くから慣行となっている妻問婚と重なり、人気があった。

参席者は――初参加の憶良がどう詠み始めるか――注目した。

天漢相向き立ちてわが恋ひし君来ますなり紐解き設けな
（山上憶良　万葉集　巻八・一五一八）

風采の上がらぬ野暮な、学問一辺倒の官人と見做されてきた東宮侍講山上憶良の、想定外の艶やかな、いや——紐解き設けな——という悩ましく大胆な性表現に、満座はどよめいた。

夫が通ってくるのを、今か今かと待つ妻の気持ちを、見事に表現していた。それぞれが自分の夜這いを想出して、拍手をした。宴席は盛り上がり、首皇太子はご機嫌が良かった。

出席していた長屋王は、（さすがは憶良だ。来年、七夕の宴を佐保の別邸で催したい。憶良を献詠者に指名したい）と、決めた。——これが後日、禍根となる。

藤原一族の統領、亡き不比等の嫡男、中納言・藤原武智麻呂もまた文人であった。

不比等は、——長男の武智麻呂よりも、頭脳明晰で文藝の才もあり、器量の大きい次男の房前の方が、政事に向いている——と、判断した。早くから房前を、藤原一門を代表する参議に登用していた。

嫡男の武智麻呂は学問好きで、漢詩、漢文の才があった。不比等は、少し理屈っぽい武智麻呂の学才を評価し、大学頭、図書頭といった仕事をさせた。政事の本流の仕事ではない。官人としては傍流になる。それゆえ父の不比等は、嫡男に気を配った。貴族としての位階では、常に武智麻呂を上位に、昇叙させていた。しかし、武智麻呂は、弟房前の出世には、屈折した感情を抱いていた。特に、房前が参議という、高い地位に就いたことが、——長兄として対外的に面目を失った——と、内心、許せなかった。

（父上はいったい何を考えていられるのか？……しかも、房前は、吾ら藤原と競っている長屋王と交流が深すぎるのではないか？）

武智麻呂は、三弟の宇合や末弟の麻呂と、不満を語り合っていた。

父不比等が薨去した時、藤原一族は、朝廷に嫡男の武智麻呂を中納言として推薦した。

長兄に気を遣った房前が、自分の中納言昇進を堅く辞退していたのであった。

武智麻呂は、参議を経ずして中納言となり、政事では弟の上位となって、機嫌を直した。

武智麻呂は、抒情的な和歌よりも、叙事的な、何かと規則がある漢詩、漢文をこよなく愛した。熱心な学徒であった。その勉学のために「習宣別業（しゅうぎべつぎょう）」と命名した別荘を建てた。漢詩、漢文の好きな学者、貴族、官人らを招いて、盛大な詩宴を張った。

右大臣の長屋王と、新中納言の武智麻呂は、首皇太子の天皇即位の時期について、意見が対立した。

長屋王は即位の時期に慎重であった。

「そろそろ皇太子が天皇になられることには異存がないが、憶良にもう少し帝を教育してもらってはどうか。まだ二十歳そこそこなのだから」

（実際は……夫人・藤原光明子の権勢欲が気になる……首皇太子の優柔不断、弱気な性格を矯正してからでも遅くない）

と、考えていた。

一方、武智麻呂は、「もう成人しているのだから即位を急ぎたい」と、主張した。

右大臣・長屋王の見事な執政と、女帝元正天皇への輔弼に、多くの貴族、豪族たちが信頼と尊敬の念を厚くしていたからである。

（長屋王が首皇太子の即位を進めないのは、ご自分が皇位に就く可能性、あるいは皇孫扱いの膳夫王を、皇位に就ける機会を探っているのではないか？）

と、武智麻呂は疑念を抱き始めた。中納言になるまでは弟の房前に劣等感を抱いていた武智麻呂は、今は長屋王に、偏執的な劣等感を強くしていた。


養老八年（七二四）正月。左京で両眼の赤い白亀が発見された。陰陽司は、「奇瑞である。改元や即位の前触れである」と、判定した。

「左京大夫の藤原麻呂め、陰陽司まで抱きこんで小細工を仕掛けたな」

と、長屋王は、中納言の旅人と苦笑した。

元正女帝は、譲位を決めた。「養老」は、「神亀」に改元された。

その神亀元年（七二四）二月四日、首皇太子は聖武天皇として即位した。

天皇は、長屋王を正二位左大臣に昇進させた。大伴旅人を正三位に昇叙した。しかし依然として中納言のままであった。通常正三位は大納言である。武智麻呂、房前も正三位に昇進した。多くの貴族、豪族が、即位のご祝儀として昇進昇格し、満足していた。

この時点での台閣は、次の通りである。

知太政官事（民臣の太政大臣）	一品（民臣の正一位）	舎人親王（天武皇子・藤原派）
大将軍	一品	新田部親王（天武皇子・藤原派）
左大臣	正二位	長屋王（天武孫）
大納言	正三位	多治比池守（中立）
中納言	正三位	巨勢邑治（こせのおおじ）（中立）
中納言	正三位	大伴旅人（長屋王派）
中納言	正三位	藤原武智麻呂（藤原派）
参議	正三位	藤原房前（協調派）

（天智系と天武系の均衡をとった人事だ。多分、知恵者の房前殿の進言であろう）

（皇統は、――天武帝↓持統帝（天武皇后）↓文武帝（天武孫）↓元明（文武の母）↓元正（文武の姉）↓聖武（天武曽孫）――と、一見、天武系が続いているように見えるが、実質は、天智系の女と、藤原の女の支配だ）

（持統女帝は天智帝の皇女。文武帝や元正女帝の母、元明女帝は天智の皇女。聖武帝の母、藤原宮子は天智の落胤・不比等の女（むすめ）。聖武帝に流れている天武帝の血は極めて薄い――）

憶良は冷ややかに血の濃度を分析していた。

早速、藤原一族が動き始めた。即位二日後、聖武天皇は、――生母、藤原宮子に「大夫人（おおきさき）」の称号を贈る――との勅を出した。

左大臣であるのに、この称号の勅を事前に聞いていなかった長屋王は、激怒した。聖武帝に対してというよりも、背後で帝を操る藤原の露骨な政事壟断に我慢の緒が切れた。

「大宝律令の規定では『皇太夫人』と称する筈である。国民は、勅に従えば大宝律令に反し、令に従えば勅に違反することになる。ご聖断いかに？……」と、論じた。

聖武天皇は窮した。勅を取り消した。即位早々、天下に面目を失った。

屈辱的であったが、天皇の勅は、律令の規定を超えられなかった。日本は、法治国家になっていた。

気弱な聖武天皇は、即位早々、ひどく落ち込んだ。

誰か知恵者が、文書面では「皇太夫人」、会話では「大御祖」とする意見を出し、双方の顔を立てて決着した。この事件以来、聖武天皇は左大臣・長屋王を敬遠するようになった。勝気な夫人光明子（藤原安宿媛）が次第に天皇を操り始めた。

光明子は心中秘かに、「皇后」の地位を望み始めた。

（三）作宝楼七夕の宴

瞬く間に、季節は移り、夏になった。長屋王が、「作宝楼で七夕の宴を開催する」と、公表した。

朝廷では高官たちが驚いていた。

「昨年同様に聖武天皇が催されるのではなかったのか？」

その頃聖武天皇は、春の失政で、宴を開くような気持ちの余裕はなかった。

「朕を差し置いて、七夕の宴を催すのか……」

長屋王への憎悪が、じわじわと増殖していた。

憶良に長屋王から七夕の宴の招待状が届いた。歌宴初句の献詠者に指名されていた。

（参ったな……長屋王には平素の恩義がある。一方、公職では東宮侍講として、聖武帝に、まだ帝王学を講義中だ……弱ったな……単純に、歌人の名誉と割り切ろう）

憶良は、複雑微妙な立場にあった。決断は早かった。

七月七日。佐保の里。旅人の館とは近い長屋王の別邸、作宝楼の宴会は、殊のほか華やかであった。山海の珍味、薄絹をまとった美人の舞姫、西域から来たという異国の音楽。まるで宮廷の宴会であった。憶良は前年と同様に、再び夫の来訪を待ち詫びる妻の立場で詠んだ。


ひさかたの天漢瀬（あまのかはせ）に船浮（う）けて今夜（こよひ）か君が我許（わがり）来（き）まさむ

藤原一族にとっては長屋王の別邸で、献詠者として詠んだ憶良に、好感を持つはずはない。

「山上憶良は東宮侍講でありながら、長屋王の館にべったり出入りしている。長屋王の庇護を厚く受けすぎている。奴を長屋王から離せ」

「首皇太子は即位されたので、いまだ東宮侍講の職は妥当でない。解任すべきだ」

憶良の人事が発令された。

――従五位下　東宮侍講　山上憶良　筑前守に任ず――

（胡麻を擂らない吾は、万年従五位下か。格下げにならなかっただけでもよし）
憶良は二度目の国守として、筑前国へ赴任した。
ここまで話すと憶良は燭台の灯を吹き消し、坂上郎女の部屋から消えた。

第五帖　謀略

あをによし奈良の山なる黒木もち造れる室は座(ま)せど飽かぬかも
（聖武天皇　万葉集　巻八・一六三八）

深夜、坂上郎女が気付かぬうちに、憶良が忍び装束で旅人の館の奥座敷に現れた。

「では背景の第二回目を、藤原の謀略中心にお話致しましょう」

と、特別講義を開始した。

（一）黒木の農家

文藝を好み、遊び人でもある長屋王は、唐や新羅(しらぎ)の人工の造形美を愛でる一方、自然美にも観賞眼が深かった。夕陽に輝く三輪(みわ)山の黄葉(もみじ)が散るのを惜しんだ。

味酒(うまさけ)三輪の祝(はふり)が山照らす秋のもみちの散らまく惜(を)しも

（長屋王　万葉集　巻八・一五一七）

明日香の川辺に鳴く千鳥も詠んだ。

吾背子が古家(ふるへ)の里の明日香(あすか)には千鳥鳴くなり島待ちかねて

（長屋王　万葉集　巻三・二六八）

佐保の別邸、作宝楼は、新羅の使節を接待したほど華麗であった。しかし、王には今一つ納得できないものがあった。王は気が付いた。

（一言で表現すれば、きらびやか過ぎるわ。くつろぎ、落ち着く場がない）

王は、庭の隅に、いかにも田舎の農家を模した数寄屋を建築した。柱には、まだ樹皮が付いている材木を、そのまま使っていた。「黒木」と呼ばれていた。屋根は、檜皮(ひわだ)ではない。野の薄(すすき)である。尾花と称される花穂を、下に向けて葺いている。農家そのものである。

この時代、「わび」とか「さび」という茶道の概念はまだ生まれていない。貴族の館に、黒木の建物など無い。長屋王の田舎家は意表を突く発想であった。朝廷の中で評判になった。

長屋王は、豊明の節会の祝宴に、先帝の太上元正天皇と聖武天皇を、この数寄屋に招いた。

豊明の節会は、正式には十一月の中の卯の日に、新穀を神に捧げる新嘗祭の翌日、宮廷で行われる祝宴である。皇室が開催した後、身分の高い貴族は、自邸でも祝宴を張った。

前にも述べたが、太上元正天皇は未婚の女帝である。皇位を、弟、文武天皇の皇子・聖武天皇に譲ったとはいえ、依然として発言力があった。

長屋王の輔弼を高く評価していた。したがって、左大臣の招きを快諾した。

しかし、聖武天皇は複雑な心境であった。

(朕は、外戚・藤原一族の後ろ楯で即位したが、当時、長屋王は——時期尚早である——と、消極的、否、反対であった……)

(即位の直後には、母宮子の称号問題で、王に反対され、勅を取り消さざるを得なかった。あの屈辱は、朕の心中深く澱んでいる……)

(今年の七夕の宴では、一足先に王が開催を宣言したので、朕は、開催の機会を逸した……)

(だからと言って、臣下筆頭の左大臣の招宴を、断る理由にはならない……)

聖武帝は伯母の太上元正天皇とともに、しぶしぶ佐保に赴いた。

宴酣になった時、長屋王は太上天皇に和歌を所望された。

先帝は、黒木の家を題材に詠まれた。


はだすすき尾花逆ふき黒木もち造れる室は萬代までに

（元正天皇　万葉集　巻八・一六三七）

田舎の農家を模した黒木の家にかこつけて、長屋王家の永遠の繁栄を詠んだ。明らかに、長屋王に媚びていた。

聖武天皇が続けた。先帝の詠み込まれた語句を使った連歌であった。

あをによし奈良の山なる黒木もち造れる室は座せど飽かぬかも

長屋王とは何となくしっくりしない聖武天皇である。いくら居ても、飽きない筈はない。

（今は、我慢をして、太上天皇に同調するか……）

と、新築祝いの歌を贈った。

長屋王はご機嫌であった。

若い聖武天皇の心の奥底に、――長屋王憎し――と、青白い炎が燃え上がっているのに気が付かなかった。もし憶良が、これまでのように宴に加わっていたなら、場の雰囲気や、天皇の顔色、わざとらしい追従歌の内容などを、冷静に分析し、適切な助言や忠告を、長屋王に差し上げていたであろう。

長屋王の宴に常連だった憶良は、この時、筑前守として遠く離れた九州の太宰府にいた。

(二) 布石

藤原兄妹は長屋王を孤立させる更なる手を打った。

「武将、中納言の旅人をどうするか……」

と、武智麻呂が諮(はか)った。

「旅人は、簡単には消せまい。少し間をおいて、秋にでも……」

「よかろう。その時は、光明子よ、帝にうまく説明しろよ」

「お任せくだされ兄上、帝は寝物語でころりと……ほほほ……ごめん遊ばせ」

「下世話で申せば、そなたは――やんごとなきお方を尻に敷いているからな」

「いやいや、やんごとなきお方の御子を、お腹に……」

その時、光明子は藤原一族待望の御子を受胎し、臨月が近かった。

これまで藤原一族が、秘かに危惧していることがあった。光明子がなかなか懐妊しなかったことである。

――聖武帝が、男子の世継ぎを得ることなく崩御されるとか、あるいは病になられる事態が起きれば、折角皇統に入れた吾ら藤原の血統は絶える――

と、懼(おそ)れていた。

それだけに、光明子の懐妊は、一族にとってこの上もない朗報であった。

光明子と三兄弟は喜びに沸いていた。

「硃」の情報通り、九月に聖武天皇から、――大宰帥、現地赴任――の辞令が出た。

「旅人、太宰府は大唐並びに新羅などとの外交上、および、国防上の観点から、重要な拠点である。汝を措いて、他に適材はいない。よろしく勤めよ」

との言葉を賜ったが、形式的であった。唐や新羅とは友好的な平和関係が続いており、急に侵攻してくる気配は全くなかった。それゆえ、前任の大宰帥は、大納言の多治比池守が兼任し、現地には赴任していなかった。

師走。旅人は、病妻の郎女と元服前の少年、家持、書持を連れて、西下した。

知の憶良と武の旅人。「長屋王の双玉」と呼ばれた二人の左遷は、序の帖に述べた。

(三) 基王の生と死

九月、光明子は、一族待望の皇子を産んだ。基王と命名された。だが、

――御子が誕生しても、安心できぬ。成人するまでの間に、帝に不測の事態が生ずれば……次の皇位は、長屋王か、または王子の膳夫王に移る可能性が高い――

と、藤原一族は焦っていた。

年の暮れが迫る十一月。生後僅か二カ月の赤子の基王を、強引に皇太子として立太子させた。皇統

の歴史では、まことに異例中の異例である。

「古来、皇太子は、天皇を補佐するに足る見識と力量が備わったことを、大夫たち――五位以上の貴族の群臣が、合議して決定する慣例である」

と、長屋王が反対したが、旅人不在の朝議では同調者なく、正論は無視された。

武智麻呂たちは、立太子の成功に祝杯を挙げた。

「他人には言えぬが、人望の在った大伴宿奈麻呂は密かに手に掛けた。知の憶良、武の旅人は、勅(みことのり)をもって、否応なしに長屋王の身辺から遠ざけた。そのうえ、吾らは皇太子を得た。『寧楽(なら)の京師(みやこ)は咲く花の　匂ふがごとく』藤門の繁栄を築こうぞ。いよいよ最終段階だ。――長屋王と、嫡流の王子全員のお命を頂戴するほかあるまい」

武智麻呂、宇合、麻呂の三兄弟は、祝い酒の勢いで、恐ろしい陰謀を練っていた。

「しかし、国政の中心で活動している長屋王を、まさか――謀反の罪在り――と仕組むわけにはいくまい。宴会も朝政も、開けっ広げだから、『謀反の集会』などとは、でっち上げできぬ。民の眼もあるからな。……長屋王を失脚させる妙策はないものか…」

三兄弟は、慎重に、悪巧みを練った。平素、長屋王と親交を続け、ともに国政を進める次弟の房前には気付かれぬように、除いていた。


年が明けた。神亀五年（七二八）五月。長屋王は大般若経を書写させた。

願文に、

――「仏弟子長王」「二尊追善、天皇長寿」――

として祈願した。これが、後日、命取りになろうとは、王は夢想だにしなかった。

藤原兄弟は、この願文を半年後に悪用する。


天智天皇や天武天皇が、日本を近代化しようと取り組んできた律令の制度は、裏返せば、古い貴族や豪族が持っていた固有の軍事力を次第に削いでいた。

領地も武力も持たなかった新興貴族の藤原にとって、己が合法的に武力を握る好機でもあった。

藤原兄弟は聖武天皇を利用した。

「朕の周辺の警備を手厚くする」との名目で、舎人三百人を集め、中衛府を創設した。初代の大督（長官）には、参議の藤原房前が任命された。

大伴や佐伯など、在来の軍事氏族の大豪族が管掌していた衛府の長官に、初めて藤原一族が就任した。

武官の頂点――大将軍には新田部親王が任命されていた。

新田部親王は、天武天皇と五百重娘の間に生まれた皇子である。卑母のため皇位継承の候補ではない。天武帝が崩御された後は、五百重娘は好色の藤原不比等の側室となり、麻呂を産んでいた。つまり、新田部親王と藤原麻呂は、異父兄弟であり、仲が良かった。新田部親王は聖武天皇や藤原一族の意向でいかようにも動く。戦の経験のない名目上の大将軍であった。

五衛府――衛門府、左右衛士府、左右兵衛府のほか、新設の中衛府を加えた六衛府は、かくして、聖武帝の詔勅により、藤原一族が、自由自在に駆使できる軍制が整った。

「いつでも実行できるぞ」

と、藤原三兄弟が自信を持ち、行動に移ろうとした時、天は——待った——を掛けた。

生後一年の基王が急逝した。聖武天皇、光明子夫人は悲嘆に明け暮れた。武智麻呂らは失望にうちひしがれた。さらに、彼らを動顚させる事態が起きた。


聖武天皇のもう一人の夫人、県犬養広刀自が、皇子を出産したのである。安積親王と命名された。

「このままでは、次の天皇は安積親王になる公算が大きい」

「県犬養は大伴と同族だ。県犬養系の天皇が擁立されれば、天皇家に流れている吾ら藤原の血は絶え、繁栄はこれまでとなる。何としても皇統は、藤原の掌中に維持しておかねばならぬ……」

武智麻呂らは光明子と密談を重ねた。

「やはり妾が皇后になるほかに妙案はありませぬ。皇后になっておけば、せっせと房事に励み……ごめんなさい兄上……次の皇子を身籠り、出産すれば、夫人の広刀自より優位に立って、皇太子に立太子させられます。万一、聖武帝が崩御されても、持統天皇と同様に、妾が皇位に就けます」

と、長い間光明子自身が願望してきた立后案を、長兄武智麻呂に提案した。

「なるほど、緊急の方策はそなたの立后しかあるまい」

中納言の武智麻呂が朝議で光明子立后案を提出した。

案の定、長屋王は猛烈に反対した。

「藤原卿は何を考えておられるのか。皇后に立后できるのは、古くから皇女に限られている。いかに藤原が皇室に女を差し出しているとはいえ、そなたたちは皇親でもなく、王族でもない。光明子は、臣、不比等卿の女ではないか。基皇太子が身罷られたことには深く哀悼の意を捧げるが、情と理は峻別されねばならぬ」

さらに続けた。

「誰を皇太子に選ぶか——というような大問題は、大夫たち群臣会議で決めるのが慣例である。基王の立太子は異例であった。このたび基王の薨去と、光明子夫人の皇后立后を結び付けてはならぬ」

と、高官たちの前で反論した。正論である。他の高官たちも長屋王の意見に同調し、光明子の立后は立ち消えとなった。否——立ち消えるどころか、聖武天皇、光明子夫人、藤原一族の、皇統保守の信念に火をつけた。特に光明子が怒った。持っていた絹布を口で引き裂き、歯ぎしりして口惜しがった。兄妹たちは決議した。

「長屋王とその血統を、早期に地上から抹殺すべし。断行」

（四）謀略

断罪の理由を捏造した。

「左道——つまり邪道により、国家転覆を謀った」

として証拠をでっちあげた。

「昨年納経された大般若経の願文の文言に問題が存する。『仏弟子長王』は、長屋王が天上の王になることを意味する。『二尊』すなわち父高市皇子と祖父天武帝を祀り、『天皇』すなわち膳夫王の将来を祈っている。これは、現体制の転覆の呪詛である」

熱心な仏教徒の長屋王が、二尊――すなわち亡父母――の冥福を祈り、聖武天皇の安泰を祈願した案文を、藤原兄弟は、悪僧たちの入れ知恵で、枉げて証拠に作り上げた。

「呪詛の発覚をどう組み立てるか？……」

「神道の中臣の連中を利用しよう」

中臣は藤原鎌足が薨去する直前までの旧姓である。神と人を繋ぐ――という意味で、「中臣」と、呼ばれた。全国各地の神官が使っていた平凡な姓である。

佐京大夫の藤原麻呂は、無位無官の左京人、無頼の徒である中臣東人を呼び、尤もらしく左道の解釈を覚えさせた。大きな褒賞を餌に、誣告――根拠のないでっち上げの密告――という手法をとった。

「事を瞬時に終わらせるには、圧倒的な軍団が必要である」

との武智麻呂の説明に、聖武天皇は即刻、――六衛府の全軍の指揮権を、藤原宇合に与える――との勅を発令した。大将軍は新田部親王であるが、実戦の経験はない。一方宇合は、蝦夷の反乱鎮圧のため、持節大将軍として兵を統率した経験があった。だがこの時は式部卿兼難波宮の造営長官であるから、この勅は異常であった。

天皇は、舎人親王、新田部親王、大納言多治比池守、中納言藤原武智麻呂ら、太政官全員を長屋王邸に派遣し、糾問させた。本来、親王や王族の犯罪を調べるのは、弾正尹の職務である。弾正尹の大伴道足は、故意に、訊問団に入れなかった。

長屋王には弁論の余地を与えなかった。王夫妻と四人の王子には、直ちに自死を命じた。

長屋王は四十六歳の男盛りで生涯を閉じられた。全てが綿密かつ極秘裏に進められた。在来豪族など長屋王に親しい群臣に介入されぬように、短兵急に、処刑された。

「以上が、長屋王の変の背景でございます。では夜の明けぬうちに、失礼致します」

「事ここに至りました複雑な政権闘争、皇統継承の背景が実によく分かりました。長屋親王とご一家のこと、まことに傷ましいお話でございます。ましてや兄上や憶良様の左遷問題は、他人事ではございません。冷酷非道な光明子と藤原一族が、このあと私どもに何を仕掛けてくるか、心配になりました」

と、坂上郎女がわなわなと身を震わせた。

「ご案じなさいますな。旅人殿指揮下の大伴氏族は、結束が強うございます」

坂上郎女が深々と頭を下げ、お礼を述べようとした時には、憶良の姿は消えていた。

第六帖　天平改元

世間は空しきものとあらむとぞこの照る月は満ち闕けしける
（作者不詳　万葉集　巻三・四四二）

（一）異常な賞罰

旅人から、奈良に残っている長老、大伴牛養へ、――不動静観――と、指図が送られた。
難波津に身を置き天下の形勢を見極めている船長の甚が、次々と砆の報を手配していた。

第三報

二月十五日　聖武天皇詔。――長屋王の性格は、残忍凶悪、欲望のまま姦を尽くした――との内容。（藤原の捏造の脚本なり　砆）

二月十七日　上毛野宿奈麻呂ら七名、長屋王との親交を理由に、位階剥奪、配流。
二月十八日　長屋王の弟、鈴鹿王ら兄弟姉妹、子、孫、妻妾の縁故者は皆赦免。
　同日　漆部造君足および中臣東人の二名、外従五位下に異例の昇格
（誣告人を定員外とはいえ貴族に登用したるは　頭隠して尻出したか　硃）

第四報

三月十九日　藤原武智麻呂　中納言より大納言に昇進
（朝議実権者の房前卿は参議据え置き。朝議に欠席多し　硃）
石川石足　正四位上　より　従三位
多治比縣守　正四位上　より　従三位
藤原麻呂　正四位上　より　従三位
大伴道足　従四位下　より　正四位下（なぜか二階級特進　硃）
小野老　従五位下　より　従五位上（万年従五位下を脱す　硃）
巨勢宿奈麻呂　外従五位下より　従五位下
（追伸　聖武帝の詔の内容と、長屋親王の左道の件、民は信用せず　硃）

「帥殿、やはり武智麻呂が首謀の誣告でございました。先任参議の房前卿は据え置き。兄の武智麻呂が遂に念願の大納言――と、大きく上位に立ちましたな。しかも先任中納言の帥殿を差し置いての大納言とは、聖武帝、いや背後の光明子の陰湿な性格がよく出ています」

（太宰府に左遷され、愛妻郎女様を失い、大納言は武智麻呂に先行され、地位は逆転された。帥殿に掛ける言葉がない……）

と、憶良はしんみりした。だが武人旅人は従容としていた。

「余のことは気にするな。これからも次々と、異例づくしの藤原人事が発令されるであろう。腹をたてれば向こうの思う壺よ。それにしても、道足が、弾正尹の立場や面目を無視された故に、二階級特進というのは異常に過ぎるな」

「藤原は巧妙でございますな。世間では——大伴も加担していたのか——と、看るでしょう。鈴鹿王ほか傍系のご赦免が、せめてもの救いでございます」

旅人と憶良は、忌憚なく感慨を述べ合った。

「家持・書持には外祖父になる縣守卿と、吾が部下の小野少弐が、ともに昇叙になったのはおめでたいが、かような事情だけに、何とも複雑微妙な気分よのう。特に小野少弐の昇進は驚きだな」

「縣守卿への気配りは、池守卿への褒賞の付け替えと、一連の異常な詔勅を黙認した代償、つまり、皇親派への配慮でしょう。小野老殿は、藤原の候として、吾らへの目付料でございましょう。万年従五位下——と、出世の遅れていた老殿は、感動して、ますます藤原へ忠誠致しましょう。帥殿もそれがしも、一層言動に気を付けねばなりますまい」

「相分かった」

次々と届く硃の速報に、坂上郎女は、男たちの凄まじい派閥闘争や恩賞の世界を垣間見て、圧倒されていた。

（私は、――家持・書持を守り抜く――と、決心し、憶良様にもそう申し上げた。しかし、本当に守れるだろうか？　冷酷非道な藤原という巨大集団を相手に、兄上は大丈夫か？……）

自信を喪失しそうになっていた。

――長屋王と親しく交流していた――との罪状で、官位を剥奪され、平城京から追放された上毛野宿奈麻呂は、古代関東を支配した大豪族、上毛野氏族の出自である。大和朝廷では、東北の首長連合を代表する存在である。下級の貴族あるいは武官として、数名が平城京の官人となっていた。余談であるが、上毛野氏の実力は、太田天神山古墳（群馬県太田市）の巨大さが、如実に示している。一族の将、上毛野君稚子は百済復興の救援軍を率いて活躍したが、白村江の激戦で戦死している。上毛野氏は天武系皇子たちを支えていた。

「長屋王のお館へしばしば招かれていた吾らは、一足早く、この太宰府へ配流されたも同然だが、東北の豪族、上毛野宿奈麻呂も、京師から追放され、配流されたか」

藤原一門が、長屋王に親しかった仲間を、次々と追放していく様を、遠く筑紫で傍観するほか術はなかった。

「上毛野宿奈麻呂らはいずれも芯のある武人でございます。それがしより内密に――失意されるな、他日、本位に復する日が来ましょう――と、慰めかたがた激励の便りを、匿名で手配しておきましょう」

西の果て、筑紫からの憶良の配慮は、流罪地の獄舎にいた上毛野宿奈麻呂を勇気づけた。

東北蝦夷の血を引く武骨真面目の上毛野一族は、これを知り、秘かに感動した。

後日談であるが、天平十四年（七四二）六月、実に十三年後、上毛野宿奈麻呂は本位に復し、従五位下の貴族に戻った。また四十年後であるが、陸奥按察使として東北の拠点、多賀城の軍事を司った大伴家持を、その赴任三年間、上毛野氏は陰で支えた。


坂上郎女が席を外した場で、旅人が憶良に囁いた。

「憶良殿。吾が弟、宿奈麻呂の急死も、もしや……」

「それがしも、同感です。宿奈麻呂殿は兵部省を管掌する右大弁（長官）でございました。もしご在任であれば、帝も藤原一族も、手を出し難かったでしょう。刑部省もご担当ですから、当然、訊問団にも加わりましょう。藤原は、宿奈麻呂殿を排除しておく必要があったのでございます。多分、藤原の候により、宮中の食事に薬が使われ、腹痛に見せかけた巧妙な毒殺でしょう。これは妹御様には黙っておきましょう」

「やはりそうであったか。無念じゃのう」

「帥殿、何とお悔やみ申し上げてよいか、言葉がございませぬ。しかし、そのことは、最早過ぎしことゆえ、ひと時忘れましょう。今後の防衛対策として、吾が山辺衆の何人かを、下男下女あるいは影の者として、若たちの周辺警備に、さりげなく配置しておきましょう」

「忝い。恩に着よう」

（二）硃の決心

「長屋王の変」と呼ばれるこの誣告事件後、暫くの間は、平城京はもとより、日本国中が騒然としていた。六月に入り、候の硃から首領の憶良に情報が届いた。

第五報

一　長屋王邸取り壊し。跡地は官人の住居に変更する——との朝廷の方針。

二　長屋王の家臣、雇人、皆離散す。王の財産は朝廷が没収。使用人中職人等は、それぞれの伝にて職を得るも、舎人を雇う者なし。浪々の窮状見るに忍び難し。

三　訊問の詳細判明

長屋王、訊問団に多治比池守卿を見て驚かれ「池守、そちもか。見損なったぞ！」と、絶句された由。池守卿目を伏せられ、嗚咽されたと。（この後、池守卿は病気味）

四　自害を命ずる——との聖武天皇の勅使で王邸に来た石川石足卿には、次のように面罵された由。

「石足。権参議の餌に釣られたか。そちはやはり蘇我の血は隠せぬな。馬子、蝦夷、入鹿、赤兄に石足か。それほど蘇我は、謀計による皇統潰しが好きか。帰りて武智麻呂兄弟にしかと伝えよ。——内親王も、膳夫王たち吾が愛児も、余が鬼となりて、全員を搤る。然れども、この卑劣な誣告の恨みは晴らさでおくものか！　余の魂魄は京師の空に留まりて、舎人親王、新田部親王、藤原四兄弟、および関与せるそちら全員に、天より必ず誅を下す！――と」
五　石足卿、顔面蒼白。怖れて身を震わせ続けた――と、伝えられる。
　　長屋王の最期のお言葉を聞き知った元舎人たちは号泣。気骨ある舎人たちあり。朝廷および藤原一族、関与者らへの怨念をますます深める。
六　王弟、鈴鹿王への厚遇は、あるいは長屋王の怨念に対する贖罪の配慮か。
七　吾、長屋王に深き恩顧在り。同情禁じ得ず。浪士の相談に密かに乗る。
　　（手を貸すことのみお許し乞う　硃）


旅人と憶良は、硃の第五報に心を打たれた。凄惨な修羅場が目に浮かんだ。愛妻と愛児を手に掛けられた長屋王の心境に滂沱の涙を流した。憶良は旅人の気分が鎮まるのを待った。

「長屋王のお屋敷まで取り壊すのか。聖武天皇は、思い切った勅を下されたものだ……」

「王邸は皇居の目の前でございますから、帝や光明子は、建物は見たくないでしょう。そのうえ、修羅場の跡のお館に入居される方もいないでしょうから、致し方ありませぬ」

「長屋王の舎人たちは、突然の災難に遭ったようなものだな。茫然自失、困窮の様子が、この報告でよく分かる」

旅人は、舎人たちに憐憫の情を抑えきれなかった。

その心情を、候の読心術で察した憶良は、すぐ直言した。

「帥殿。情に駆られて、大伴が王の家臣を雇うことは、避けねばなりませぬ。ここは理に働き、ご冷静に……」

「相分かった」

「実は、この場限りでございますが……」

と、憶良が前置きした。

「多くはありませぬが、然るべき人物の舎人や職人は、権と助の采配で、畿内にいる山辺郷出身の商人や職人、および甚の船関係で引き受けよ——と命じております。——長屋王にいささかでも供養になりますれば——と、祈っておりまする」

旅人は、そこまで憶良は気を配っていたのか——と感服した。

「それは佳いことをしたな」

「なお、それがしに思案がありますゆえ、王邸の嶋造司（造園部門）は、一括して、まとまった金子を渡し、遊ばせております。時機を見計らって、権の配下に置きまする」

「ほう」

「それがし亡きあとは、権が首領になるでしょう。表は庭師にします。その折は、大伴一族の庭師頭としてお雇いいただき、山辺衆は家持殿を主として仕えさせたく、あらかじめ、帥殿のご承諾願いたいと存じまする。この儀いかがでございましょうか？」

（さすがは憶良だ。情も理もある大構想だ）

「相分かった。佐保も田村も荒れた庭になっていよう。花鳥風月を愛でる生活には、佳き庭が必要だ。庭師なれば常時警備にもなろう。大伴の候は、軍事の候ゆえ、平時には不慣れだ。——山辺衆が、大伴本家、家持らの隠れ候になってほしい――と、考えていたことゆえ、こちらからも望むところよ」

長屋王の家臣や雇人救済の話はまとまった。

憶良には、最後の一行が気になった。

（硃の書状は、言外に仇討ちが起こることを知らせてきたな。山辺衆の首領として、禁を破り、――手を貸すことのみ――許そう。硃を活動させることが、長屋親王に捧げる吾が弔意）

憶良は硃に、

――諾。遺臣の報復は私憤なれど、誣告による卑怯な専横政治を正すことは、民の公憤なり。王と民に代わり天誅せよ。焦るなかれ――

と、返答の言葉と金子を持たせて、伝令を走らせた。

（三）天平改元

折り返し、書状が届いた。

第六報
六月　甲羅に――天王貴平知百年――と、文字の書かれた亀が、左京で発見され、聖武天皇と
　　　光明子随喜。（左京大夫、藤原麻呂の小細工なり　硃）
八月予想　改元される模様。「天平」案有力。光明子は亀の奇瑞をもって、立后、「光明皇后」を名

九月予想　乗るとのこと。（麻呂の小細工はこの改元と立后の布石　硃）

右に伴い、皇后大夫を新設の案、進行中。

右中弁・小野牛養が初代大夫に就任の見込み。二月の長屋王訊問の功労褒賞。

時期未定ながら、大納言・藤原武智麻呂、右大臣の噂あり。先般の大納言昇進は、その第一段階の模様。

（長屋王事件の関係者に対する異例の褒賞乱発に、旧臣たちの怒り沸騰。目下暴発を宥む　硃）


七月中旬、硃から憶良に情報が入った。

旅人は、報告内容の質の高さや先見性に感心していた。

（「硃」とは何者か？……藤原の手の内をすべて掴んでいるようだ……）

坂上郎女が、申し訳なさそうに肩を萎めた。

「またまた、麻呂めが、悪知恵を働かせているようでございますね」

第七報　人事　事前予告も含む
八月予定　光明子立后決定。既報通り、光明皇后。
正五位下　小野牛養　従四位下に昇叙（二階級特進は訊問の褒賞　硃）

九月予定　左大弁　従三位　石川石足（薨見込み　足には蝮が似合いか　硃）
　　　　　弾正尹　正四位下　大伴道足　右大弁に決定
　　　　　参議　正三位　藤原房前　中務卿に決定
　　　　　右中弁　従四位下　小野牛養　皇后大夫決定（既報通り）

「光明子は皇女でもなく、皇親、王族の姫君でもない。胡散臭い一臣下鎌足の孫娘が、妙な亀を創り出し『奇瑞』として、慣例を無視して、遂に皇后となるのか……長屋王は、冥府でさぞかし切歯扼腕されておられるであろう。口惜しいのう、憶良殿」

「同感でございますが、時の流れに棹差せませぬ。ここも我慢し、耐えに耐えましょうぞ。表では喜びの笑みを浮かべましょうぞ」

旅人は頷き、苦笑いした。

「道足は、弾正尹から右大弁か。大納言武智麻呂の直属になり、取り込まれたな。出世したものよ。小野牛養が光明皇后の世話役と、藤原一族の連絡係だな。褒賞もここまで『てんこ盛り』だと、茶番劇だ……石川石足が——薨見込み——と、あるが……まさか」

「帥殿。この報告は硃とそれがしの秘密ゆえ、——この行は見なかった——とお忘れくだされ」

と、憶良が候の厳しい顔で、旅人に口止めした。

九月に入り、朝廷より大宰府政庁に公報が届いた。

八月丁卯　左大弁　従三位　石川朝臣石足　薨
九月乙卯　正四位下　葛城王　為左大弁

公報を追っかけるように、大宰府に噂が入った。――石川石足卿は、朝の庭園散歩を日課にされていたが、蝮に咬まれて薨去された。その朝、不思議なことに、二十四余りの蝮が、庭で発見されたそうだ――

石足は、二月に権参議、三月には従三位に――と、とんとん拍子に出世したが、その喜びも、僅か数カ月であった。

(長屋王の旧臣たちによる報復第一号とは、旅人殿以外は誰も気付いていはいまい)

憶良は旅人に助言した。

「葛城王が左大弁になられましたな。なかなか切れる方と仄聞しております。帥殿、奈良へお帰りになったら、機を捉え、誼を通じておかれると、よろしいでしょう」

葛城王――後に橘諸兄と改姓、左大臣となった英傑である。

生母の橘三千代は、天武、持統、文武、元明、元正の五代に仕え、いずれの帝より寵厚く、才媛の女官であった。三千代に横恋慕した藤原不比等は、彼女の夫、美努王を大宰帥として筑紫に単身赴任させた。その間に、不比等は三千代を強引に犯したばかりか、側妻とした。葛城王は、卑怯な手段で母を父から奪った不比等を深く恨んでいた。だが、藤原全盛の下では、隠忍自重していた。三千代は不比等の子を産んだ。美貌の安宿媛（あすかべひめ）、光明子である。したがって諸兄と光明子は異父兄妹である。余談ながら、後年、家持は諸兄の庇護を受ける。

「葛城王に接触せよという事情、背景よく分かった。重ねてお礼を申す。それにしても、『硃』の、情報蒐集力には驚く。これがそなたの山辺衆の力か？……どのようにして、朝廷の人事という最高の機密を集めるのじゃ？『硃』は誰ぞ」

「こればかりはいかに帥殿とて、申し上げられませぬ。『硃』は、くれぐれもご内密に……」

「いやいや、野暮な愚問であったわ。委細承知した」

旅人は、政局の中枢から遠ざけられ、筑紫に島流しになっている身を、無念に思った。

なぜか虚しかった。

（四）悲傷（ひしょう）

「どれ、憶良殿、今宵は中秋の名月ぞ。酒（ささ）でも飲もう。小野老の候（うかみ）には気付かれぬよう、奥座敷にて、長屋王がご生前お作りになられた和歌や、王や王子を偲ぶ女人たちの悲傷歌を、二人で詠唱しよう。それが今、吾らにできる、せめてもの追善供養よ」

「御意（ぎょい）」

「では余の好きな酒の歌から始めるか……」

旅人は、まず盃をぐいと干すと、目を閉じて朗詠した。

味酒三輪の祝の山照らす秋のもみちの散らまく惜しも

（長屋王　万葉集　巻八・一五一七）

「今、こうして詠みなおしてみると、長屋王は、何か運命を予感されていられたか——散らまく　惜しも——と、詠まれている。しみじみとする名歌よ、のう」

「同感でございます。吾らの心境でもありますな……では、それがしも」

憶良は合掌した後、詠った。

磐が根のこごしき山を越えかねて哭には泣くとも色に出でめやも

（長屋王　万葉集　巻三・三〇一）

（磐がごつごつと根を張っている山を、越えるのが辛くて、声をあげて泣くとしても、妻恋しさを、顔に出すことなどすまい）

「この歌も、何と申しますか、ご自害された時のご心境を、先詠みされているような、悲愴な気さえ感じられます。内親王や王子様四人を、自らお手に掛けたのは、まさに——こごしき山を越えかねて、哭には泣くとも——の、修羅場であったでございましょう……ご冥福をお祈りするほかございませぬ」

「膳夫王（かしわでのおおきみ）にも良い歌があったのう」

「はい。昨年難波行幸の折に詠まれました。それがしが……」

憶良は、あたかも膳夫王が目の前にいるように、姿勢を正し、深く礼をした。


朝（あした）には海邊（べ）に漁（あさ）りし夕されば大和へ越ゆる雁（かり）しともしも

（膳王　万葉集　巻六・九五四）


「雁が羨ましい――との結句が、今となってはいかにも切ないのう」

「仰せの通りでございます」

二人は黙然として盃を重ねた。犬の遠吠えが高く低く続いた。

「では、女人たちの悲傷歌に移るとするか。合唱しよう」

旅人が「女人たちの……」と言ったのは、理由があった。

長屋王の変は、地方の農民や漁民には、雲の上の事件であった。しかし、平城京の皇親、貴族、官人はもとより、在来豪族、国司、郡司、あるいは下人に至るまで、律令制下の録を食む者たちは、衝撃を引きずっていた。

聖武天皇、光明皇后、藤原兄弟の、長屋王に対する謀計や冷酷非道な処刑、加えて、協力者たちへの異常な厚遇に、心の中では怒りながらも、表立っては口に出しかねていた。

人々は長屋王一家の自死に、同情していた。だが、挽歌を捧げる男たちはいなかった。その点、女性は大胆である。打算はない。長屋王や膳夫王と親しい関係にあった女性、愛を交わした貴婦人たちが、堂々と追悼の歌を詠んだ。暗に、聖武帝の無茶な詔（みことのり）を批判した。

大君の命恐（みことかしこ）み大あらきの時にはあらねど雲がくります

（倉橋部（くらはしべ）女王　万葉集　巻三・四四一）

（長屋王は、まだお亡くなりになる年ではないのに、――自裁せよ――との聖武天皇の詔を、かしこんで承り、お隠れになってしまった……）

皇孫として天皇候補でもあった膳夫王を悲傷（かなし）む歌もあった。

世間（よのなか）は空（むな）しきものとあらむとぞこの照る月は満（み）ち闕（か）けしける

（この世の中は無常である。その証拠に月は満ち欠けを繰り返しているが、愛する膳夫王は還らない）

膳夫王の歌を踏まえて、密かに追悼する庶民もいた。

秋風に大和へ越ゆる雁がねはいや遠ざかる雲がくりつつ

（作者不詳　万葉集　巻十・二一二八）

秋風に山飛び越ゆる雁がねの聲遠ざかる雲がくるらし

（作者不詳　万葉集　巻十・二一三六）

「のう憶良殿、宮仕えの男というものは情けないものよ。倉橋部女王や、この身許を隠された女人、あるいは庶民たちのように、心情を飾ることなく吐露できぬとは……」

「同感でございます」

旅人と憶良。出自や地位、年齢の差を超えて、知性と教養で心を通わせ、世に尽くすという目的で、お互いに尊敬しあう仲になっていた。

二人は、亡き長屋王や膳夫王を偲び、名月を眺めながら、酌めども酔えぬ酒を、咽喉に流し込んでいた。月夜であるが、大きな流れ星が飛んだ。

リーン、リーンと松虫（今の鈴虫）の美しく冴えた音が、やけに耳に入った。

（虫も悼むか……虫……待てよ）

老いても武将である。

（虫麻呂……宇合（うまかい）の寵臣、高橋虫麻呂は、たしか山部赤人と歌を競う親友だ……富士の讃歌、勝鹿（かつしか）（現市川市真間（まま））の美女、真間（まま）の手児名（てこな）も詠み合っている。『硃』はやはり赤人か）

旅人は、中納言の初仕事として、検税使で常陸国を査察した日を想い出していた。常陸守は若き藤原宇合であった。秀才の誉れ高かった虫麻呂は宇合に召し抱えられていた。

（あの旅で、宇合は知将であり有能な実務家の政治家と知った。筑波山に登りたい——との希望に、宇合は虫麻呂を付けてくれた。虫麻呂の歌才も、博識も知った。しかし虫麻呂は出自のゆえにいまだ卑官のようだ……実務家としても才能のある虫麻呂は、屈折した心境にあろう……赤と虫か……分かったぞ）

（誅は今頃、長屋王の浪士たちと、次の策を打ち合わせているだろうな……）

憶良の気持ちを忖度（そんたく）したのか、旅人が盃を出した。

憶良が酒を注いだ。

「若干の金子を用意しておる。帰り際渡そう。硃へ渡すがよい」

憶良が深々と、頭を下げた。

第七帖　梅花の宴

わが苑に梅の花散るひさかたの天より雪の流れ来るかも
（大伴旅人　万葉集　巻五・八二二）

（一）韜晦

天平元年（七二九）晩秋。憶良に密書が来た。

第八報
「藤原武智麻呂らは、依然として旅人殿のご動静に気を遣っております。——武勇の誉れ高い帥殿がもし防人軍団を率いて立たれれば、古来の豪族は味方するであろう。六衛府の兵士にも離反が出よう。その場合、藤原には勝ち目なし——との判断。天平版壬申の乱発生を懸念。帥殿ご帰京後の昇進、昇格を検討し始めた模様。　硃（あか）」

　坂本の帥館で、旅人と憶良が話し込んでいた。

「担ぐ方がどなたも居なくなったのに……藤原には腹が立つが、挙兵の大義がないわ。立てば勝とうが、双方に犠牲者も出る。民が迷惑するだけだ」

「その通りです。かねがね申し上げますように、今は大伴を残すことを第一に、我慢です。用心致しましょう」

「しかし、この二年はあっという間だったのう。庶弟（おとうと）宿奈麻呂の急逝、妻郎女の病死、長屋王のご自害と凶事が続いた。だが、太宰府での生活も、律令の規定通りならば、あと一年となった。余も老齢となり、皇室や藤原には疎（うと）まれているから、官職もこれが最後となろう。来年は筑紫でよい年を過ごしたいのう」

「帥殿のご心境、それがし痛いほど分かります。お仕えする吾らの鬱屈（うっくつ）した気分を一掃するためと、藤原一族の猜疑心（さいぎしん）を晦（くら）ますために、ひとつご提案があります」

「申してみよ」

「年が明けたら、華々しく梅花の宴を開催なさいませ」

　旅人には予想もしなかった憶良の提言であった。

「船長（ふなおさ）の甚や硃からの情報では、長屋王の変の後、藤原一族は後ろめたい気持ちがあるのか、あるいは聖武天皇のご生母、宮子様の気の病なのか分かりませぬが、京師（みやこ）では歌宴も詩宴も催されていないとか。長屋王ご存命の時が懐かしゅうございます。吾らは幸い『遠の朝廷』太宰府にありますれば、筑紫歌壇を総動員して、賑々しく歌の宴を開き、これを長屋王ご一家一周忌への密やかな挽歌と致しましょう」

「なるほど、韜晦作戦か。厳しき冬の寒さに耐えて咲く梅か。よかろう。うっぷん晴らしにもなろう。妙案じゃ。吾が国最大の規模で、かつ、質の高い歌の宴にしよう。筑紫歌壇の心意気を、天下に示し、宮廷お抱えのご用歌人たちに一泡吹かせようぞ。すぐに人選と準備に入れ」

「はい。しかし今回の梅花の宴の仕切りは、それがしではなく、特に小野少弐へお任せすればよろしいかと愚考致します」

「それは何故じゃ？」

「老殿は当地着任の際の歓迎の宴で、名歌を詠まれましたが、皆さまの顰蹙を買って以来、殆ど詠まれていませぬ」

「そうであったな」

　　あをによし寧楽の京師は咲く花のにほふがごとく今さかりなり

——右少弁から大宰少弐は栄転でもないのに、聖武帝や藤原に媚びている。明らかに左遷されている旅人殿に失礼だと、四綱殿が和歌で小野老を吊るしあげたな——

憶良は老の歌を昨日のように想い起こしていた。

「猜疑心の強い武智麻呂や光明皇后が、帥殿の反乱をいまだに懸念していることは、先ほどの硃の連絡で明らかです。――歌の宴が謀反の会議だ――と、あらぬ密告を謀られ、長屋王のごとく直ちに勅令で断罪される懼れなしとしませぬ。したがって、『毒には毒』、藤原の候のまとめ役、老殿を仕切り役にして、その家臣を庶務にしましょう。思いっきり開けっ広げに、遊行女婦も多数入れ盛り上げて、――とことん梅を愛でる酒宴だ――と老一派に宣伝させれば、中央政権も安堵しましょう。さすれば向こうが付け込むことはありますまい。そのために、招待客は官職の上下を問わず、政庁と西国各地の歌詠みの官人を、国守たちに選ばせればよろしかろうと思います」

「なるほど。相分かった」

(さすがは山辺衆の首領の知恵だ)

旅人は、憶良の深謀遠慮に驚き、感謝した。

西国では初めての梅花の宴の仕切りを任せられた小野老は、大いに感動して、早速準備に取り組んだ。老は前東宮侍講の憶良と、元上司の満誓に相談して招待客は三十一名と決めた。催主の旅人を含めて歌人三十二名の配席と歌唱の順も決まった。

宴を盛り上げるには美女たちが必要である。那大津の筑紫館で外国の使節を接待する宴会で、酌をし、舞い、唄う遊行女婦たち十名ほどが手配されていた。教養も知性もある美女たちである。旅人の愛人となった児島もいた。

彼女たちを取りまとめるのは、楓と呼ばれた初老の婦人であった。那大津の豪商の未亡人であり、唐や韓の言葉に達者であった。

九州九カ国と壱岐対馬の地酒と、玄界灘の鮮魚、各国の野菜や果物などの食材が揃った。

「帥殿、満誓殿や憶良殿とも打ち合わせ済みの参加者名簿と配席表をご確認くだされ」

と、小野老が提出した。憶良と満誓も同席した。

「ほう。なかなか面白い顔ぶれで結構だ。ご苦労であった」

旅人が老を労(ねぎら)った。

(いずれこの配席表も老から武智麻呂の手許に届けられるであろう。——ただの歌会か——と納得するであろう)

と、憶良は推測していた。

(二) 梅花の宴

旅人の館の広間は、床の間のある上席(かみのせき)と、次の間の下席(しものせき)に二分される。

催主の旅人は床の間、一段高い席に座る。上席には左右各七名、計十四名が居並ぶ。

下席は同様に各八名、計十六名である。催主旅人と遥か相対する下座に、宴の進行や、食膳、酒や女人の手配を担当する若者が坐る。

憶良が旅人に顔を向けた。

「帥殿。このように三十余名の歌人が揃って、梅花の宴を催すことは筑紫では初めてでございます。

京師(みやこ)でも今後そうありますまい。丁度良い機会ゆえ、それがしの愛弟子、家持殿を同席させましょう。未成人の少年ゆえに名簿には載せず、席には着けませぬが、下席の片隅で宴を観察させれば、将来の参考になりましょう。満誓殿、老殿、いかがでしょう」

二人に異存はなかった。

旅人は、予想もしていなかった憶良の提案に、父親として感謝した。

――表は歌宴の見学だが、裏では憶良が家持に学習指導していることを公知了承させる効果がある。憶良殿は心憎いほど気配りが行き届く男だ――

尊敬の念がますます深まった。

年が明けて天平二年(七三〇)一月十三日。旅人の館に、正装に身を整えた歌人三十二名が揃った。

憶良は感無量であった。

一同が着席すると、やおら旅人が入室し、催主の席、床の間に腰を下ろした。

形通り年賀の挨拶を済ますと、旅人はゆっくりと一同の顔を眺め、一人ひとり目礼した。

旅人から見て上席左側には、政庁高官と国守、および満誓が並ぶ。

大貳　従四位上　紀　男人卿
少貳　従五位上　小野　老大夫
少貳　従五位下　粟田比登大夫

筑前守　従五位下　山上憶良大夫
豊後守　従五位下　大伴首麻呂大夫
筑後守　従五位下　葛井大成大夫
造観世音寺別当　従四位上　沙彌満誓

政庁と国衙の序列は、中央官庁と地方官庁の身分差である。国にも序列がある。筑前国は上国であり、政庁のある太宰府に国衙がある。憶良が国守の首席に着座していた。大夫は従五位以上の貴族である。満誓は俗界にあった時は名門笠一族の貴族であった。それゆえ上席に着いていた。

旅人は右側に目を向けた。政庁の三等官（課長級）、四等官（係長級）が並んでいた。大監・正六位下・大伴百代を筆頭に、少監、大典、少典、大判事、薬師などである。

下席はさらに官位の低い下級官人たちである。神司、陰陽師、算師などの端役もいる。政庁の官人とほぼ同数の、国司たちも招かれている。地元の筑前国だけでなく、壱岐、対馬、遠く薩摩や大隅からも介（二等官）、掾（判官三等官）目（主典四等官）などの官人が、国の代表として選抜されていた。

誰がどう見ても歌好きの集まりである。謀反の謀議の打ち合わせと見做される懸念は皆無であった。酒席となっても、政事あるいは公務の話題など野暮な話は一切ご法度である

——当日は帥殿が私的に催される粋な和歌の宴である——

との連絡が、世話役の小野老から地方の下級官人の歌人まで通達されていた。

まさに西国の官人歌人を網羅した豪華な歌会である。西海道では初の梅花の宴とて、選抜された招

待客は開始前から興奮していた。

これまでの大宰帥は中央政権の高官の兼官が多く、筑紫には殆ど来ていない。だが旅人は家族と共に太宰府で生活している。地方の下級官人から見れば、前大将軍、正三位中納言の顕官（けんかん）にして一流歌人の旅人は、まさに雲の上の存在であったが、身近な存在でもあった。

旅人の西国治世には情があり、中央政権の監察が入るような瑕疵（かし）は皆無であった。国衙だけではない。郡司たちも不正なく、良く勤めていた。藤原の付け入る隙は無かった。

――旅人殿の着任以来、僅か二年間で、筑紫に和歌が花開いた――

歌会の参加者や官人だけでなく、商人や農民、主婦や遊行女婦たちも梅花の宴に興味を持っていた。


旅人がゆっくりと口を開いた。

「小野少貮、今宵の準備ご苦労であった。まことに素晴らしい顔ぶれで楽しみだ。では開始しよう」

旅人の言葉を受けて、参加者は一斉に懐から懐紙と短冊を取り出した。

最末席、旅人と距離を置いて向かい合う下席の小野淡理（たもり）が立ち上がり、司会をした。

初句は参加者筆頭である大貮紀男人（きのおひと）が詠んだ。男人は一時期、憶良とともに首皇太子（おびと）の侍講団の一員であった。名門紀一族の知識人である。後年右大弁に昇進し、活躍した能吏でもあった。一同が静かに注目した。


正月（むつき）立ち春の来（きた）らばかくしこそ梅を招（を）きつつ楽（たの）しき竟（を）へめ

（紀男人　万葉集　巻五・八一五）

次に小野老が――梅の花よ、ずっと庭に咲いていてほしい――と、詠んだ。久しぶりの吟詠であった。

梅の花今咲けるごと散り過ぎずわが家の苑にありこせぬかも

（小野老　万葉集　巻五・八一六）

（小野殿の歌には、梅の花を愛でる旅人殿への追従が入っているのはやむを得ないな。さて、吾は――吾が家の苑――を受けて、単身赴任の無聊を詠むか）と、憶良は短冊に筆を入れた。

春さればまづ咲く宿の梅の花ひとり見つつや春日暮らさむ

（山上憶良　万葉集　巻五・八一八）

葛井筑後守は、当時若い男たちに流行していた花の挿頭を詠んだ。

梅の花いま盛なり思ふどちかざしにしてな今盛なり

（葛井大成　万葉集　巻五・八二〇）

下席の若い歌人たちから「オウ！」と、拍手が沸き起こった。若者たちは頭髪や冠に、花の枝や造花を挿して、女たちの眼を引いた。挿頭という。作者は不詳ながら、有名な歌がこの筑紫でも流布していた。――大宮人は、皆さんお暇ですね――という揶揄が籠められて、それが受けていた。

ももしきの大宮人は暇あれや梅をかざしてここに集へる

（作者不詳　万葉集　巻十・一八八三）

葛井大成の歌を踏まえて、次の沙彌満誓がすかさず酒脱な歌を披露した。

青柳梅との花を折りかざし飲みての後は散りぬともよし

（沙彌満誓　万葉集　巻五・八二一）

満誓はその昔、有能な官人であり、高官であり、かつ風雅の遊び人であった。今は仏門に入っているが、若き日は女たちをさんざん誘惑していた。だから――女を口説き、あるいは飲んだ後は、もうご用済みだ、散ってもいいよ――と、豪胆かつ艶やかに表現した。

前にも増して、満座の拍手を浴びた。酌をしている遊行女婦の児島たちも、笑いながら大きな拍手をしていた。宴は旅人の望む通り盛り上がっていた。

（挿頭か……懐かしいなあ）

旅人は若かりし頃の恋人であった丹生女王をふっと想い出していた。

丹生女王は皇親であった。皇親の結婚相手は制約される。相思相愛の旅人とは結ばれず、石田王の妻となっていた。石田王は和銅四年（七一一）に薨去していたので、二十年近く未亡人の日々を送っていた。旅人には時折、さりげなく吉備の銘酒などが届いていた。

旅人は、昔丹生女王から贈られた旋頭歌を口遊んだ。


高圓の秋野の上の瞿麥の花うらわかみ人のかざしし瞿麥の花

（丹生女王　万葉集　巻八・一六一〇）


――高圓の秋の野辺に咲く瞿麥の花よ　初々しいので旅人殿が挿頭にした瞿麥の花よ――

人は旅人、瞿麥は丹生女王自身であった。

「では師殿、お願い致します」

司会の若者、小野淡理の声に、旅人は吾に帰った。

前の詠み人、満誓の歌を承けて、催主の旅人が「梅」をどう詠み込むか――全員が静かに待っていた。

旅人はおもむろに苦笑いした。

（この老人になって、今さら挿頭でもあるまい。満誓の「散りぬともよし」を承けよう）

華やかな梅花の宴を催しても、頭の片隅に離れぬのは、一年前の誣告で無念の自裁をなされた長屋王と、この太宰府で散った愛妻郎女であり、多分、藤原に毒殺された庶弟、宿奈麻呂であった。

（三人に、この賑やかな風雅の宴を見せてあげたい……）

旅人はゆっくりと立ち上がった。目を閉じて天井を仰いだ後、嫋々と詠った。


わが苑に梅の花散るひさかたの天より雪の流れ来るかも

（大伴旅人　万葉集　巻五・八二二）


しんみりとした歌になったのはやむを得ない。

――さすがは旅人殿だ、梅の花と雪で格調高く故人を偲ばれた。名歌だ――

と、一同は共感した。

催主の次は右の席に移る。大監・大伴百代が指名された。百代も名の通った武人であり、歌人であった。

（氏上殿は、はらはらと散る梅花と雪を詠まれたか。それなら吾輩は……そうだ！「散る雪」を承けて、武人らしく大野城を入れよう）


梅の花散らくはいづくしかすがにこの城の山に雪は降りつつ

（大伴百代　万葉集　巻五・八二三）

――氏上殿、梅の花の散るのはどこでしょうか？　お宅の庭と詠まれましたが、郎女様を埋葬されているこの城の山にも雪は降り続いています。梅の花は雪でございましたか――

満誓、旅人、百代と、三歌人に「散る梅」が見事に読み継がれた。

歌唱は政庁や国衙（こくが）の中級官人から下席に移り、薩摩目、対馬目、大隅目など地方の下級国司たちにと続いた。最後に司会をしている小野淡理（たもり）が詠み終わった。

酒好きの憶良であるが、今宵は控え、冷静に眺め、鑑賞していた。

（梅花を詠んだ三十二首。吾の知る限りでは、日本の国の歌宴では最大の規模だ。それに歌の水準が高い。よし、この三十二首のすべてを、吾が新しき歌林に残そう）

昂揚していた。座を取り持つ楓の注ぐ白酒が美味かった。

淡理の着席を待っていたように、憶良が立ち上がった。

一同が注目した。

この歌宴では憶良は一招待客に過ぎない。従五位下・筑前守で目立たぬ席である。

しかし全員がよく知っていた。筑紫に赴任前は、日本で初めての歌集、類聚歌林の編者であり、聖武天皇の皇太子時代に東宮侍講を務めた碩学（せきがく）であること。七夕の宴で名誉ある献詠者に選ばれたこと。翌年、長屋王の宴でも献詠者であったこと。これらにまして、旅人と共に、筑紫歌壇を中央宮廷歌壇に対抗するほどの一大文藝集団に育てた功労者であった。官位も職位も関係なく、憶良の実績を評価し、人物を尊敬していた。一同は固唾を飲んで憶良の弁を待った。

憶良は頭を動かし下席の間の片隅に視線を移した。全員の眼が追った。旅人の嫡男、家持が正座していた。

「皆の衆もご存知の通り、それがしは帥殿のご要請により、家持殿に和歌の道を指導しておるので、本日、こう申した。『本席は歌人として得難い機会である。未成人ゆえ末席にも坐せぬが、片隅にて耳学問をなされ』と。ついては、吾が愛弟子にも、番外の余興に一首詠ませたいが、いかがであろうか。ただ正客ではないので、この歌宴の記録には留めぬ」

「よかろうぞ!」

皆が万雷の拍手をして家持を促した。

家持がすっくと立った。顔こそ少年であるが、背丈はもう大人並みであった。

「それでは吾が師、筑前守殿のお言葉に甘えまして、不肖未熟の弟子でございますが一首」

十三歳とは思えぬ見事な挨拶と、立居振舞であった。張りのある声で朗詠が始まった。

春の裏の楽しき終は梅の花手折りをきつつ遊ぶにあるべし

(大伴家持　万葉集　巻十九・四一七四)

「うおっ!」

感嘆のどよめきが座敷に満ちた。

――紀男人卿の初句を承けて、きちんと梅花の宴を締めるとは、……見事だ。並みの歌詠みではないわ――

一同は、期せずして「梅を招きつつ楽しき竟へめ」と詠んだ紀卿の歌を想起していた。

（憶良が参加者の了解を求めたように、この歌は「梅花の宴」には記載されなかった。二十年後の天平勝宝二年、越中守の任を終えた家持は、三月二十七日、ふっとこの歌宴を懐かしみ、追加の歌の形で「万葉歌林」に残した）

一族の大伴百代は別の意味で感心していた。

（――梅の花を手折る遊び――とは、酒席に侍る美女たちを口説き落とす譬喩だが、家持殿はもう存じているのか……早熟だな）

因みに百代は、かつてこのような宴席の女性を手に入れる機を失した歌を、詠んでいた。

ぬばたまのその夜の梅をた忘れて折らず来にけり思ひしものを

（大伴百代　万葉集　巻三・三九二）

歌宴はいつしか酒宴となり、那大津から来た美しい遊行女婦も加わり、身分を越え、地域の差別なく、自由闊達で華麗な文藝論に花が咲いていた。宴は夜遅くまで続いた。

頃合いを見計らって、憶良は催主旅人の許へ退出の挨拶に行った。旅人は相当に酩酊している様子であった。愛妾となった遊行女婦の児島に抱かれるように支えられていた。

「よう筑前守、今日はまことに佳き歌の宴であった。京師では、帝や藤原を差し置いて、中納言の余がこのような宴はとても催せるものではない。ハッハッハ。『遠の朝廷』を預かる帥なればこそだ。これも天運だのう」

「同感でございます」

「ところで末席の小野淡理に至るまで、見事な歌を詠んだ。催主の余はこの三十二首に詞書を付けねばならぬ」

「その通りでございます」

「ところが見ての通り、児島の酌で酔っぱらったわ。ハッハッハ。暫らくは酔いが続こう。余に代わり序文はそちが作ってくれ」

「それがしではとても……」

「構わぬ。遠慮は無用じゃ。この西国に僅か二・三年の間に、中央歌壇に対抗できるほどの歌人が育った。梅花の宴が催せたのも、まぎれもなく、憶良、そちの功績ぞ。そう思わぬか男人」

と、旅人の隣に座っている大弐の紀男人に駄目を押した。

「仰せの通りでございます。憶良がこの地に筑前守で赴任していなければ、吾らはこれほどまでに歌は詠んでいませぬ」

と応え、憶良に命じた。

「序はそなたが帥殿のごとくに作るがよい。この席の誰も異存は申さぬぞ」

大宰大貳の紀男人もまた着任前は東宮侍講の一人であり、憶良の上司であった。

「分かりました。光栄でございます。では早速……」

と、引き受け高揚した気分で丘を下った。


帰宅すると権が冷水の椀を差し出した。酔いが一気に消えた。

「権、すぐ墨をすれ」

「すでに筆墨は用意してございます」

涼やかな応答があった。

（いつでも首領を譲れるな）と微笑み、

「権、助両名とも吾が起案を後日の参考にするがよい」

と、同席を指示した。

梅花の宴を旅人に献策した時から、憶良は旅人に擬態してすでに詞書を練っていた。

（三）初春令月風和

旅人の酔い覚めを見計らって、三日後、憶良は帥館を訪れた。奥座敷には坂上郎女、家持、書持も待っていた。

「憶良様、今宵は講義ではございませんが、兄上にお願いして、私どもも陪席し、ご説明拝聴致します。およろしく」

と、坂上郎女が真っ先に挨拶した。

「憶良殿、そなたと相対でと思っていたが、家持、書持にもよい機会と考えた」

「結構でございます」

と、愛弟子の二人に柔らかい笑みを送った。

「では、早速」

憶良は風呂敷を解き、草稿を旅人に手渡した。

旅人は時折大きく頷き、黙読を続けた。四人もまた静かに見守っていた。

旅人が意見を口にした。

「漢籍二つを踏まえた見事な文章だ。余の意図するところをそのまま表現してくれた。完璧だ。加除訂正するところは何もない。家持、書持にはまだ難解な表現が多々あろうが、これから声を出して、ゆっくり読む。目を閉じ、心に情景を描きつつ聴いておくがよい」

庭では、権に代わって供になった助が、心耳を澄ましていた。

梅花の歌三十二首并(ならび)に序……

と、音読が始まった。

天平二年正月十三日、帥の老の宅に萃まるは、宴会を申ぶるなり。時に初春の令き月、気淑く風和み、梅は鏡の前の粉を披き、蘭は珮の後の香を薫らす。加以、曙の嶺に雲移りては、松、蘿を掛けて蓋を傾け、夕の岫に霧結びては、鳥、縠に封めらえて林に迷ふ。庭には新しき蝶舞ひ、空には故つ鴈帰る。ここに天を蓋にし、地を座にし、膝を促け、觴を飛ばす。言を一室の裏に忘れ、衿を煙霞の外に開き、淡然として自ら放に、快然として自ら足りぬ。若し翰苑にあらずは、何を以ちてか情を攄べむ。詩に落梅の篇を紀せり。古と今とそれ何ぞ異ならむ。宜しく園の梅を賦みて聊か短詠を成すべし

旅人が発声を終え、草稿を卓上に置いた。

憶良が、

「白梅を鏡の前の美女が粧う白粉にたとえ、また蘭を帯玉を付けた女人が香を薫らせる如くに描きましたが……いささか大袈裟でしたか……」

「いや、これでよい」

「大野山を背景に、この太宰府の自然の中で梅花の宴を催す幸せを、唐人たちのようにやや誇張しました。正月ですから寒くて、とてもとても外では宴会はできず、室内の宴でございましたが、文人仲間の梅花の宴でございますから、かの国の花の宴のごとく、観念上、晴天を仰ぎ、緑濃き大地に坐し

た如く書いてみました」

「構わぬ。構わぬ。三十二名が、身分の上下を忘れ、膝突合せ酒を酌み交わし、胸襟を開いて、歌を詠み、文学を談論したのだ。昔、かの国で詩宴が催されたように、今、この国で大歌會を催した事実は、記録として後世に残さねばならぬ」

旅人の所感が終わるやいなや、坂上郎女が反応した。

「兄上は先刻『漢籍二つを踏まえた…』と申され、憶良様の序文には『古と今と……』とございます。そこを、もう少し詳しく教えていただけませぬか」

(さすがは旅人殿の妹御だ。鋭い)

と、憶良は感心した。

武人とはいえ旅人は漢籍に造詣深い文人である。

「そうか。では原作者の憶良殿に代わり、吾が簡単に説明しよう」

(旅人殿はすべてお分かりだ)

憶良は黙って頷いた。


「一つは今から四百年ほど昔の東晋の政治家で、かつ書家として著名であった王羲之の『蘭亭序』が下敷きになっている。書道の上達を志す官人はこの書を参考書の一つにしているので、内容は皆諳んじているほどだ。前半を書いてみよう」

旅人は筆を執ると、さらさらと楷書で書き始めた。達筆である。(本書では読み下し文)

蘭亭序
承和九年　歳は癸丑にあり　暮春の初め　会稽山陰の蘭亭に会す。禊事を修むるなり。群賢　畢く至り　少長咸集まる。此の地に崇山、峻嶺、茂山、脩竹有り。又、清流、激湍有りて　左右に暎帯す。引きて以て流觴の曲水を為し　其の次に列座す。緑竹管弦の盛り無しと雖も　一觴一詠　亦た以て幽情を暢叙するに足る。是の日や天朗らかに気清く　恵風は和暢せり。仰いでは宇宙の大なるを観　俯しては品類の盛んなるを察す。目を遊ばしめ　懐ひを騁する所以にして以て視聴の娯しみを極むるに足れり。信に楽しむべきなり。

（暗唱して書き下すとは……父上は凄い）と、兄弟は畏敬し感動していた。

「文中に見慣れぬ『觴』という字があるが、これは昔、角で作った盃だ。渓流から水を引いて盃を浮かべ、一首詩を詠んだ曲水の宴と分かる。『暢』という字は——のびやか——という意味だ。後先になったが、暮春の初めとは三月三日だ。気候はよかった。老若の賢者多数が大自然の中で詩宴を楽しんだのだ。騁懐とは心に思うことを十分述べるということだ」

「兄上、『是の日や天朗らかに気清く　恵風は和暢せり』との表現はまことに美しゅうございます」

「同感じゃ。ところでもう一つの漢籍は、少し時代が下って、南朝の梁の時代に編集された詩文集の『文選』に載っている。『文選』は今、官人たちが愛読し、有名な詩を暗唱している。この中に後漢の大天文学者で政治家の張衡が『帰田賦』という著名な詩を残している。『帰田』というのは、——

高官が官職を辞して故郷に帰り隠棲する——という意味だ。張衡は清廉潔白、正義感の強い剛直の人だった。時の帝、安帝に疎まれ地方に左遷された。次の順帝が登用されようとしたが断った——という話が伝わっている。『帰田賦』から憶良殿が参考にされた名文の部分を書こう」

帰田賦　　　　　　　張衡

於是仲春令月　時和気朗　是に於いて仲春の令月　時は和かにして気朗らかなり

「憶良様の『初春令月風和』は、王羲之と張衡の名文の援用でございましたか」

「ははは。帥殿に種明かしされましたな」

「場所は『帥の老の宅』、蘭亭と対照的でまことに控え目でようございます」

「その通りじゃ。『帥館』ではいろいろ無用の波風が立とう。さてさて、詞書のお礼に一觴酌み交わそうか」

平城京の藤原武智麻呂の許には、右中弁小野牛養を通じて、

——大宰帥大伴旅人は和歌と遊行女婦に溺れ、謀反の気配は皆無——

と、少弐小野老の報告書が届いていた。

第八帖　瘡（かさ）

天平二年夏四月十七日　初めて皇后宮職に施薬院を設けた。諸国に命じて皇后宮職の封戸（ふこ）と太政大臣家（不比等（ふひと）の家）の封戸の収入のうち、庸の品物を代価として薬草を買い取り、毎年これを進上させることとした。

（続日本記　巻第十　聖武天皇）

（一）施薬（せやく）

太宰府での梅花の宴が終わって、三カ月後の夏四月の平城京。光明皇后は皇后宮の一隅に施薬院を設置した。病気に苦しむ庶民たちに皇室が直接治療の手を差しのべるという。

全国の国守に、――地方の薬草を買い集め、施薬院に送るように――との令が出た。

――光明皇后は、入院させた癩（らい）病患者の膿（うみ）を、自ら唇で吸い出されたそうだ――　との美談も筑紫に流れてきた。

　公用で政庁に来た筑前守山上憶良を、旅人が別室に招き入れた。

「皇后の施薬院開設は結構なことよ、のう」

「悲田院も設けられ、孤児や貧民の救済に乗り出されました。これらは仏教の教えです。巷（ちまた）では僧行基が様々な階層の信奉者たちから、広く浅く浄財を募り、法令の及ばぬ窮民や病人の救済を行って、人気を得ています。それゆえ朝廷としても何らかの対抗措置が必要と判断されたのでございましょう」

「必ずしも光明皇后の純粋な慈悲の心だけではない――と、言うのだな」

「慈悲の御心がおありなら、長屋王とご一家を、誣告（ぶこく）で自害させるような残酷なことはできない筈です。長屋王の変で地に墜ちた皇室の威信、民衆の軽蔑や不信を回復するために、政事（まつりごと）の上での計算からなされた――と、推量します」

「癩病患者の膿を吸った話は？」

「光明皇后がご自分を神格化させるための、自作自演の芝居でしょう。不比等の女（むすめ）として、あの気位の高い光明子が、そのようなことをされる筈はありませぬ。宮廷お雇いの役者に患者の扮装をさせて芝居したのです。吾が配下の者に虚実を調べさせたところ、老人の役者が独り消えております。口封じされたのでしょう」

「そうであったか……うむ、思い出したぞ、藤原鎌足と中大兄皇子は、朝廷お抱えのお笑い芸人を使い、蘇我入鹿の太刀を取り上げて、乙巳（いっし）の変を成功させたな。長屋王の変の誣告も無頼者二人を使った卑怯な芝居だ。藤原は質（たち）の悪い演出家だな」

「その通りでございます。今回は、行基への対抗策であろうと皇后の人気取りの策であろうと構いませぬ。庶民にとっては施薬院や悲田院のような施設が出来てよかったと思います」

旅人と憶良には、長屋王の亡きあと、光明皇后が意のままに振る舞っているのが目に見えるようであった。

（二）旅人の瘡

五月雨が終わり、暑さが増してきた六月。硃から第九便が来た。

――衣家耳陂咕己　硃――

（池には鯉――遺臣の次の標的は、皇親派でありながら長屋王の訊問団に加わった多治比池守殿か……これは旅人殿には伏せておこう）

その旅人の脚に、突然瘡（腫物）が発症した。毒虫に刺されたのか、原因は分からない。最初は小さな腫れであったが、見る見る大きくなり、血管が浮き出てきた。熱と痛みが出た。

政庁の薬師（医者）張福子が百済伝来の秘薬を調合して塗ったが、病勢が強く効かなかった。張は帰化人の子孫である。家業の医術で大宰府政庁に採用されていた。梅花の宴に招かれた歌人である。

それだけに張は頭を抱えた。

憶良が坂本の丘の帥館に見舞いに来た。琉球で栽培されているという珍しい西瓜を権に持たせていた。甚の持ち船の一隻が、薩摩から遥か南の琉球と交易していた。

「帥殿、いかがでございますか？」

「おお、筑前か。この通りの無様（ぶざま）な有様じゃ。立つことも座ることもできぬ」

「張薬師の見立てはいかがでございますか？」

「もう少し大きく膨らんで膿（うみ）を持つであろう。その時に切開して血膿を出せば、快方に向かうであろう——との話だが……」

「それがしに瘡を診させてくださりませぬか？」

旅人は包帯を解かせた。異臭がした。

腫れあがった患部を診て、憶良は坂上郎女に、供の権を病室に呼んでもらった。

「権、見よ。……」

「毒が全身に回っては手遅れになりましょう。あと三日ほどが山場と診ました。それにしてもこの瘡は酷い？　なぜ？……」

「そのことは後で……取り急ぎ治療だ。すぐに助と深山に行き例の虫と霊草を取って参れ」

「一両日中に必ず」

権は直ちに退出した。

憶良は厳しい表情で旅人に告げた。

「帥殿、折り入って話がございます。人払いを……」

病室は二人だけとなった。

太宰府には藤原の息のかかった少貳・小野老が、何人もの候（うかみ）を連れてきている。さらにその候が、下働きとして帥館の下男下女を使っているかもしれない。官から支給されている警備や雑用の資人（しじん）（従者）たちは、大伴の家臣ではない。地元採用の官人である。油断は禁物であった。

憶良は旅人の耳に口を寄せ、囁くように話した。旅人は密談に度々相槌（あいづち）を打っていた。

「なるほど、そうであったか……ではそうするか、張薬師を呼べ」

張薬師が病室に来た。憶良が張に囁いた。

「薬師殿、帥殿の容態重いと診たが、いかがか？」

厳しい表情の憶良に、張は圧倒され、頷いた。

「当家秘伝の百済（くだら）医術の調合を試みておりますが、なかなか効きませぬ。悩んでおります」

「実は内々の話だが……」

と、憶良は切り出した。張が緊張した。

「紀大貳殿や小野少貳殿はもちろん、どなたとも他言無用ぞ。よろしきや」

平素の筑前守とは異なる声音に、張は同意を示した。

「それがしが遣唐使節の一員として大唐に在りし時、教わった秘法秘薬がある。帰国して不治の瘡に手当てして効果があった。吾らは薬師ではないが、もし貴殿に差し支えなければ帥殿の瘡にも試してみたい。お手前の立場もあり、これは人払いして、貴殿一人に立ち会ってもらい、秘法と秘薬の調合はすべて伝授致そう。いかがか？」

張は、碩学の憶良が大唐で医薬までも学んできたことに驚き、畏敬の眼で即座に同意した。

実は、憶良は常人よりも医薬や薬草の心得があった。山辺郷に古くから伝わった医術だけではない。百済が唐・新羅の連合軍に滅ぼされた時、半島から当時の倭国に亡命してきた母方の同族に、憶仁（おくに）という医師がいて、宮廷医師として近江に住んでいた。青年時代、粟田真人（まひと）の従者であった憶良は、時折憶仁を訪れ、医薬の知識を学んでいた。

憶良は張に告げた。

「鹿や猪の多い深山の渓谷に下男を入らせたので、二・三日後に始めますぞ」

（秘法秘薬が鹿や猪とどう関係があるのか？）

張は薬師として興味を持った。

――これは吾が山辺衆伝来の秘法秘薬でございますが、候の身分は誰にも明かせませぬ。それゆえ大唐で学んだ秘薬としておきます――と、憶良は事前に旅人と打ち合わせていた。

「ところで薬師殿、帥殿に代わって折り入って頼みたいことがある」

「何でございましょうか？」

憶良は、旅人と打ち合わせたもう一つの内容を、張の耳元に囁いた。仮に練達の候が、天井裏、床下、壁の向こう側に忍び込んでいても、唇の動きは読み取れず、声は聴取できない。

張が緊張の面持ちで応じた。

「合点致しました。それがし演技を致しまする」

平素、旅人と憶良の人柄や知識、教養を尊敬している薬師・張福子は即座に同意した。

(三) 重篤(じゅうとく)

翌日から旅人の苦痛の声が大きくなった。坂上郎女、家持、書持をはじめ、館に仕える者たちは皆心配した。

張薬師の顔が曇ってきた。

大貳紀男人、少貳小野老や一族の大伴百代、大伴四綱など政庁の幹部が次々と見舞いに訪れた。それぞれが別れ際に、張薬師を片隅に呼び、容態の見立てを訪ねた。張はその都度黙って首を横に振った。

小野老は、直ちに――大宰帥の瘡の病状重篤――と、平城京の大納言・藤原武智麻呂に密使を送った。十日ほど後のことであるが、この報告を受けた武智麻呂、宇合、麻呂の三兄弟は、快哉を叫んだ。

「そうか、武将旅人といえども、病魔には勝てぬか。それも瘡とはのう。皮膚病ではないか。ははは。お気の毒だが年も歳だ。大伴の氏上も遂に京師に帰らず筑紫に果てるか」

「小野老はよう情報を寄越してくる。京師では万年従五位下であったが、長屋王の変の前後の働きが良かったので、従五位上に昇叙したのが効いた。来年あたりは正五位下にしよう」

と、三兄弟はご機嫌であった。

一方、旅人の妹、坂上郎女も、――兄上の病状は予断を許さない。重篤――と、実弟の稲公に書状を出した。在京の大伴一族に衝撃が走った。

宮廷でも旅人の病状が話題となった。


小野老と坂上郎女が京師に便を出したことを確かめた憶良は、再び見舞いに訪れた。

「帥殿、そろそろ次の手を打ちますか？」

「そうだな。実際に病気も進み、苦痛じゃ。本音半分、芝居半分じゃ」

「吾が術及ばず申し訳ございませぬ」

と、張が身を小さくして謝った。

「気にするな。難病じゃ。権と助の帰りが待ち遠しいのう。それまでの間にやるか」

政庁に勤務している大貳紀男人、少貳小野老に、――至急、館に参れ――との使いが出た。

旅人の坂本の館と政庁は至近であるから、二人はすっ飛んできた。

枕頭には張薬師が眉を顰め、暗く沈んだ顔をして腕組みし、頭を垂れている。

憶良の姿はない。

旅人が絶え間なく顔を引きつらせ、息遣い荒く呼吸しながら、おもむろに口を開いた。

「両君に折り入って頼みたい」

顕官の上司が部下に頼み事は異例である。二人は緊張した。

「帥殿、何なりとお命じくだされ」

「武人を誇りしそれがしも、無念ながら瘡に侵され、見ての通り無惨な有様じゃ。『多分、この腫れは引かず、余命いくばくもない』との張薬師の率直な診断じゃ。ついては私事(わたくしごと)ではあるが、嫡男家持はまだ少年ゆえ、大伴の氏上としての一族に対する遺言を、庶弟(おとうと)の稲公(いなきみ)および甥の古麻呂(こまろ)に伝えたい」

「ご尤(もっと)もでございます」と、二人が頷いた。

旅人が、苦しい息の下から続けた。

「しかし、ご存知の通り、稲公も古麻呂も、朝廷の重要な官職にある。自由勝手にこの筑紫に参ることはできぬ」

大伴稲公はこの時、右兵庫助(うひょうごのすけ)、すなわち宮殿の右武器庫の次官であった。武官である。大伴古麻呂は治部少丞(じぶしょうじょう)である。治部省は姓や氏を正し、五位以上の貴族の継嗣、婚姻、喪葬、外交などを司る。少丞はその三等官である判官のうち下位の職位である。実務を担当している文官であった。氏上である旅人の遺言を承けるには妥当な人選であった。

旅人が続ける。

「ついては二人が最短の日時で筑紫へ下り、吾が遺言を承けられるよう、『駅使(はゆまづかい)』としての任命の勅(みことのり)を、帝(みかど)に出してもらいたい」

「『駅使』任命の勅でございますか」

男人と老は驚いた。

駅使は律令の制度である。三十里（十六キロ）毎に設置されている駅家(はゆまや)に飼われている馬を自由に乗り継ぎ、食事を摂り、寝泊まりし、最短の時間で目的地へ到着できる官便である。駅使としての証拠に、朝廷から支給される鈴、駅鈴（えきれい）を持つ。

「紀大弐には大宰帥の代行として、知太政官事、舎人親王に宛てた経伺文（けいしぶみ）の代筆を頼む」

「承知仕りました」

「小野少弐には、大納言、藤原武智麻呂卿宛てに、口添えの書状を出していただきたい」

「喜んでしたためまする」

旅人は部下に謙（へりくだ）って頼んだ。

大宰帥に左遷されているとはいえ、国内最大、最強を誇る大伴氏族の統領である。一族が結集すれば、その武力は藤原一族の比ではない。会話では、旅人が紀男人と小野老に泣訴（きゅうそ）の様であるが、実際は否応なしの指示であった。

男人と老は、旅人の重態と迫力に身震いした。二人は急いで退出し、手続きを取った。

旅人は正三位中納言、大宰帥という高官である。名門大貴族、前大将軍の大武将の、筋の通った要請を、朝廷は拒絶も無視もできない。

――旅人の命も長くはあるまい。最後の頼みは気持ちよく聞いてやろうぞ――

――もし要請を拒絶すれば、京師に残っている大伴一族と、防人軍団を率いる旅人が反乱するやもしれぬ。藤原が六衛府の朝廷軍を率いても、戦では勝ち味はない――

との打算が、武智麻呂の本音であった。

聖武天皇は傀儡（かいらい）であった。大伴稲公と大伴古麻呂に――聖武帝の旅人への病気見舞いを伝達する駅使――として、詔勅をすぐに出した。

(四) 山蛭

山から帰ってきた権と助を連れて、憶良が旅人の枕元に来た。張薬師が呼ばれた。

権は左手に籠をぶら下げ、右手に塩を盛った大皿を持っていた。籠の中には壺が二つ入っている。

助は数種の野草と木の根を抱えていた。

旅人の病状は、時間を争っていたので、二人は奥山から山歩きの装束のまま、帥館に直行していた。

憶良が張薬師に告げた。

「それでは吾ら三名が大唐で学んだ秘伝をもって治療へ入り申す。秘伝なれば、薬師殿限りの伝授とし、他言無用。重ねて申すぞ」

平素の憶良らしからぬ重みのある声であった。張福子は緊張し、姿勢を正し、応じた。

「お約束申し上げまする」

「帥殿、荒療治なれば驚かないでくだされ。権、助、取り掛かれ」

と、憶良が下男二人に命じた。

——山辺衆の荒療治とは面白い——

豪胆な旅人は、興味津々であった。

張が旅人の包帯を丁寧に解いた。瘡はますます腫れあがり、赤紫色に変わっていた。中央部は膿で黄ばんでいた。異臭も酷くなっていた。明らかに重態であった。

権は一つの壺の蓋を慎重に、少し開けた。中から一匹の虫が出てきた。尺取り虫のように、ぐっと身を縮めたかと思うと、すっと三寸ほど伸びた。頭部を空中で振ると、権の方向に狙いを定めた。まるで毒蛇の様であった。

「人の気配を嗅ぎ分けるのでございます」

と、権が説明した。

虫は壺の側面にピタリと吸い付くと、尾部を頭部の方へ縮めて、あっという間に先端の方へ丸まった。張薬師は目を見張った。驚きの余り、悪寒がしていた。

巨大な山蛭であった。

山蛭が、次の背伸びをして権を襲おうとした瞬間、権は目にも止まらぬ速さで、山蛭を箸で摘まむと、旅人の瘡の上に置いた。すると山蛭は、くねくねとした動きを止めて、瘡にピタリと吸い付き、血膿を吸い始めた。

権は、再び丁寧に次々と山蛭を取り出し、五匹ほどを大きな瘡のあちこちに乗せた。

見る見るうちに、細い体が丸々と太く膨れてきた。赤黒く柔らかな大粒の小豆から、そら豆ほどの大きさになった時、旅人の肌からポロリと落ちた。

「ヤヤッ!」

と、張薬師が驚きの声を出した。

権は落ち着いて、この弾力のある血の塊のようになった山蛭を、箸で摘まむと、塩の大皿に落とした。血膿を吸って丸々と玉のようになっていた山蛭は、塩の中でのたうち回り、吸った血を吐いて動きを止めた。死んでいた。権は根気よく気長に、常時五匹の山蛭を瘡の五カ所の傷口に乗せて、血膿を吸わせ続けた。瘡の腫れがはっきりと減っていた。塩の大皿は山蛭が吐いた血膿で赤く染まり、死骸が重なっていた。

権は蓋に厳重な目張りをして、紐で固く締めた。山蛭の力は強く、蓋など簡単に押し上げて、外へ逃(のが)れ出てしまうからであった。

「帥殿、今日はこれくらいにしましょう。傷口はむずむずと痒(かゆ)くなりますが、決して掻かないように我慢してくださいませ」

そう言うと権は、もう一つの壺から練り薬を取り出して瘡全体に塗った。山辺衆が青膏薬(あおこうやく)と呼ぶ秘薬であった。

権が山蛭に生血を吸わせている間に、助は薬草と木の根を煎じていた。

「蕺草(どくだみ)や霊芝(れいし)など数種の草木を煎じております。毒素を弱め、血を浄化します」

と、助が旅人と張薬師に効能を説明した。

「薬師殿には後刻調合をお伝え申す」

「忝(かたじけな)い。ところで憶良殿、ひとつ訊ねたいことが……」

張は研究熱心であった。

「何なりと」

「田圃(たんぼ)の水蛭ではいけませぬか？」

「水蛭は血を吸うが、他の毒菌を持っており、駄目だ。かえって悪化させる。山蛭は動物や人に襲い掛かる獰猛な蛭だが、不思議に毒は持たぬ。鹿や猪の棲む深山の湿地に生息するので、採取は命がけだ。塩を沢山持参し、塩水を、着衣のまま頭から浴びて、入山するのじゃ」

「相分かりました」

（そうか、山辺衆でなければ、これほど多くの大きな山蛭を、命を懸けて採取はできまい）

旅人は憶良たち三名に深く感謝していた。

薬師・張福子は憶良の丁寧な説明や、秘伝伝授の気配りに感動していた。

憶良が威儀を正し、自信ある態度で旅人と張薬師に告げた。

「この治療を二・三日続ければ快方に向かいまする。しかし帥殿と張薬師には、京師から稲公殿、古麻呂殿が確実にこの筑紫に参るまで、今しばらく演技をお続け願います。朝廷を欺く大芝居でございますれば、坂上郎女様、家持殿はじめ、身内の家人郎党、大宰府の官人など全員を欺かねばなりませぬ。対外的には、――張薬師の百済医術で、辛うじて一命はとりとめているが、依然として重篤である。面会謝絶――として、口裏を合わせましょう」

（さすがは山辺衆の首領だけあって、采配に隙が無いわ）旅人は心底から驚嘆していた。

張薬師が退出すると、憶良は旅人に提案した。

「帥殿。この瘡はある毒虫に噛まれた傷口が原因でございます。まさか藤原の仕業とは思いたくありませぬが、今後の用心のため、山辺衆の女候二人、奥と下女中に入れませぬか」

「こちらから頼もうと考えていたことだ。すぐ妹に命じよう」

「その後、時期を見て、助を家持殿、書持殿の下男に移しましょう。権、助、よろしいな」

二人が頷いた。

「有難い。大宰帥とは言え、連れてきた大伴の家臣は少ない。筑前、恩に着るぞ」

旅人が布団から憶良に手を差しのべた。表の氏上と影の首領の握手であった。

第九帖　駅使(はゆまづかい)

梅の花咲きて散りなば桜花継ぎて咲くべくなりにてあらずや
（張福子(さきこ)　万葉集　巻五・八二九）

（一）二人の駅使

旅人が遺言のため太宰府に呼んだ大伴稲公(いなきみ)と大伴古麻呂(こまろ)は、一族の中でも傑出した若者であった。余談になるが、この後の二人の略歴を示せば、旅人の慧眼(けいがん)が分かる。

大伴稲公。旅人の異母弟である。家持や書持の面倒を看ている坂上郎女は実姉になる。前帖で述べたように、平城京の右兵庫助であった。平城京の城内には左・右・内の三武器庫があるが、その右兵庫の管理をしている次官である。武器庫の警備兵を直接率いる重要な現場の幹部士官であった。後に皇居の諸門の一つ、衛門を警備する隊長の衛門大尉。従五位下の貴族に昇格。因幡守(いなばのかみ)。

さらに正五位下・兵部大輔（軍事の副長官）、大国の上総守。従四位下に昇格、平城京を守る要地大和国の国主、大和守となった。

　大伴古麻呂。三年前急逝した旅人の異母弟、大伴宿奈麻呂の長子である。旅人には最愛の甥である。坂上郎女は義母になる。この時は治部少丞の中堅官人であった。後に遣唐留学生に選ばれ、帰朝後は兵部大丞。従五位下の貴族に昇格。さらに左少弁（次官）となる。左少弁は、左大臣、右大臣、大納言に直属し、中務・式部・民部・治部の四省を管掌する左大弁（長官）に仕える官僚中の官僚である。その後、遣唐使節の副使に任命され、従四位下に昇叙。再度渡唐した。大唐の朝廷でも外交官として名を馳せた。困難を冒し名僧鑑真を伴って帰朝した歴史上の大人物である。

　太宰府に着いた二人は、坂本の帥館に駆け込み、病室の旅人を心配げに覗き込んだ。

「氏上殿、いかがでございましょうか？」

　二人は公務として、聖武天皇の病気見舞いの言葉を伝えた。

「ありがたき帝の勅、旅人感激に堪えませぬ——と、申し上げてくれ。ところでこれより駅使二人に吾が遺言を申し渡す。人払いせよ」

　稲公と古麻呂を部屋に残して、家人たちは全員退室した。それを見届けると、旅人は、むっくり起き上がり、大きく背伸びした。

　若い二人は呆気にとられた。

「ご病気は重篤ではございませぬか？」

「しっ。驚くな。余は大丈夫だ。張薬師の百済医術で一命をとりとめ、快方に向かっている。心配するな」

（憶良たち山辺衆の手当てを受けたことは、この二人にも明かせぬ）

「しかし、そちらを筑紫に呼ぶための大芝居をうっておる。治療かたがたもう暫く演技を続けるつもりじゃ。これは他言無用ぞ。ところで遠路ご苦労であった」

「して、ご遺言は……」

「それは後にする。その前に、そなたたちから長屋王亡きあとの京師（みやこ）の政情と、今後の見通しを聞きたい。いずれ半年後には任期を終え帰京する身だが、当面の心構えと、打つべき手を考えておかねばならぬ。嫡男家持を支えてもらうために、若きそちら二人を指名したのじゃ。暫らく滞在中にじっくり打ち合わせよう。それが遺言の内容となろう」

頭脳明晰の二人は、瞬時に旅人の意図を了解した。

「さすがは氏上殿のお知恵でございますな」

稲公が賛辞を呈した。

「帝も武智麻呂らも気付いていませぬ」

古麻呂は旅人の演技に感嘆した。

旅人はニコッと笑って手を横に振った。

「勘違いするではないぞ。余の瘡が異常で、重篤な病状であったことは、まぎれもない事実だぞ。幸い薬師の施術で回復した。ただ、そなたらを駅使として呼び寄せたのは余の発案ではない」

「では誰の？……まさか姉の……」

「いや違う。つい口が滑ったが、誰でもよいではないか。大伴に与力する天下の智者が、この最果ての地、筑紫にも居るってことよ。詮索するに及ばず」

「分かりました」

――天下の智者それは前東宮侍講、現筑前守、山上憶良殿――二人はすぐに察していた。

「これから毎日、難しい顔をして見舞いに参れ。余も重態の振りを続ける。さすれば滞在が長くとも、藤原の候に疑われずに済む。そちたちも今日よりはこの大芝居の共演者ぞ。その際は人払いして忌憚なく意見を交わすぞ」

旅人は、長屋王の変以来、胸中に鬱積している重い気分を一掃するような明るさであった。

「そうだ、ちょうどよい機会だ。そなたたちに薬師を紹介しよう。薬師も共演者ぞ。ははは」

旅人は部室に控えていた張福子を呼んだ。

「張薬師は先祖が百済からの帰化人で、代々百済医術の家系だ。余の瘡を手当てしてくれた恩人だ。和歌をも嗜まれる風雅の友よ。薬師殿、稲公と古麻呂だ、よろしく」

張は微笑みながら若者二人に頭を下げた。旅人の脚の包帯を解き、権から引き継いだ壺から、青膏薬を取り出し、傷の手当てをした。瘡は殆ど治っていた。

「張薬師は今年春、吾が館で催した梅花の宴で、今日を予想されたような佳い歌を詠まれた」

「どのような歌でござるか、薬師殿」

「お恥ずかしゅうございますが、それでは……」

張は薬箱を片付けると、姿勢を正して発声した。

梅の花咲きて散りなば桜花継ぎて咲くべくなりにてあらずや

「なるほど、梅が散れば次は桜が咲くのが道理。梅の兄者の後は、桜の家持殿。自然の摂理と同じでございますな」

稲公が感嘆した。

「というわけで、余は張薬師の歌にハッと気づいた。存命中に家持への引継ぎの準備をしておきたい。氏族も世代の交代期だ――と、考えていたのじゃ。瘡の発症は、まさに天が与えてくれた機会ぞ」

（氏上殿は、筑紫で憶良殿や張殿など人の縁に恵まれているな）

古麻呂は旅人の天運と思想に感服した。

（二）鼎談（ていだん）

旅人、稲公、古麻呂は毎日語り明かした。大伴氏族の幹部人事に頭の痛い問題があった。

その名は大伴道足（みちたり）。氏上である旅人に次ぐ重鎮である。旅人の大叔父になる大伴馬来田（まぐた）の長子であった。長屋王の変の当時には、従四位下・弾正尹（だんじょうのかみ）の要職にあった。弾正尹は政事の頂点にある太政官から独立して、親王や左大臣、右大臣の犯罪をも取り調べできる弾正台の長官である。現在の検事総長である。しかし不思議なことに、長屋王の訊問団の一員に任命されていない。「左道」（邪道）で聖武天皇の天下を覆そうとしている——との密告の究明を取り調べるのは、本来弾正台の職務である。その究明の訊問に、弾正尹の道足が除外されていた。弾正尹を無視した非道な人事措置に、道足が事前に目を瞑っていた功労、異を唱えない口封じの代償として、権参議に昇叙していた。権とは定員外を意味する。準参議の高官である。長屋王が自害された翌三月、事件首謀者や関与者が、一斉に昇叙、昇格の辞令を受けた。道足は、従四位下から正四位下へと二階級、異例の特進をした。さらに半年後の九月、右大弁に栄進した。兵部、刑部、大蔵、宮内の四省を管掌する大官である。以前、旅人の庶弟、宿奈麻呂が就任していた職位である。

この時の左大弁は正四位下、皇親の葛城王（後の橘諸兄）であった。葛城王は長屋王の変とは無関係であった。

「吾ら大伴氏族が、壬申の乱の折、大海人皇子（後の天武天皇）を支援し、ご長子高市皇子の指揮下、大いに活躍したこと、更に、その縁で皇孫長屋王に親しくお引き立てを頂いてきたことを知りながら、聖武帝、光明皇后、藤原兄弟が、道足卿をかくも引き立てるのは、——明らかに大伴一族の分断策——と推察致します」

と、古麻呂が意見を述べた。稲公が続いた。

「道足殿はご息女を藤原房前卿のご長子、鳥養に嫁がせ、外孫の黒麻呂も生まれている。大伴の姓ではあるが、道足殿は藤原一派だ。道足殿はご自分の出世しか頭にない。大伴の若手の昇進を推挙しない——と、評判がよくありませぬ」

古麻呂が声を落として旅人に訊ねた。

「氏上殿、長屋王の変は、房前卿の策謀という噂と、房前卿は蚊帳の外に置かれていた――との二説がありますが……」

旅人が頷き返して答えた。

「余が知る限りでは後者だ。房前卿が、元明女帝のご遺言で、長屋王と藤原一族の協調政治を推進しようと、間に立って心を痛めておられたことは、奈良に在りし頃、余はよく知っておる。房前卿を外して、光明子、武智麻呂、宇合、麻呂の四兄妹で決めたことよ。聖武帝ですら外されていたであろう。気弱なお方だから……」

二人が頷くのを確かめ、旅人はさらに続けた。

「中将府の長官である房前卿と、弾正尹の道足に事前の謀を話せば、誣告からご自害まで僅か三日というように、一気には進まなかったであろう。短兵急に事を進めるため、聖武帝に強引に勅を出させ、中将府を含む衛門府の兵を、難波宮造営の長官、宇合に全軍の指揮権を与えた。宇合は昔、蝦夷の乱を平定した大将軍よ。名ばかりの大将軍、新田部親王では、もし長屋王が舎人や使用人四百人ほどを率いて実戦になっていたら、現場の指揮は取れなかったろう。宇合はなかなかの傑物だぞ。油断するな」

「なるほどよく分かりました」

「付言すれば、本来なら弾正尹の道足が長屋王を訊問すべき律令の定めを無視し、勅により、武智麻呂ら太政官、弁官らに行わせた。まさに勅による超法規の暴挙であった」

旅人は二人にじっくり解説した。（山辺衆の候、硃の情報は正確であり、憶良の分析は明快であったな）と、しみじみ実感していた。

　少し間をとって、旅人は沈んだ口調で、話を再開した。

「古麻呂、そちの父宿奈麻呂が右大弁で存命であれば、兵部、刑部を統括していたから、いかに藤原とて簡単に衛門府の兵は動かせなかった筈だ。悪計は阻止できていた」

「すると……父の急逝もやはり……」

「藤原の候に、宮中での昼食に、目立たぬように毒を盛られたのであろう。残念ながら確たる証拠はないがのう。吾に油断があった――と、悔まれる」

　古麻呂は涙ぐんでいた。

「彼らは先に憶良殿を左遷した。長屋王の知遇を承け、右大臣の長屋王にいろいろと献策をされていた。王の推挙で、東宮侍講として聖武帝の皇太子時代の教育をされていた。帝への影響力、発言力は大きかった。だから憶良殿を筑前守として長屋王と聖武帝から遠く離した」

　二人は頷いた。碩学の憶良の左遷は、天下に知れ渡っていたからである。

「次に、大将軍の余を、大宰帥の美名の許に追放した。帥ゆえ、百代、四綱、首麻呂など、大伴氏族の武人を引き連れねばならぬ。結果として、大伴軍団を構成する幹部は二分された。宿奈麻呂の謀殺が、藤原武智麻呂や宇合などの壮大な計画の序幕であった――と、今になって知った。返す返す無念じゃ」

　古麻呂は唇を噛み頷いた。稲公が話題を変えた。

「兄上、長屋王の舎人（とねり）たちは、浪々の身となっていますが、一部の者が藤原へ仕返しする――との話を小耳にしましたが……」

「関知するではないぞ。嵐の吹き去るまで、大伴一族は、何事も――柳に風、馬耳東風――と、聞き流すがよい。今、朝廷から干されている牛養には、――余が帰京するまで、さらに自重を続けよ――と、伝えよ」

大伴牛養。旅人の大叔父、大伴吹負の子である。後年、正三位中納言まで進んだ傑物であるが、血の気が多かった。若い頃から反藤原の言動が多かった。そのためこの頃は万年従五位下の貴族ではあったが、閑職にあった。大伴道足とは対照的な硬骨漢であった。

「心得ました。牛養殿にはご意向確と伝えます」

と、二人が応えた。旅人の指示が続く。

「稲公、古麻呂。長屋王亡き後、房前卿を除く三兄弟は専横を極めているが、内々反感を持つ在来貴族や地方豪族もいよう。今後、大伴が提携すべき皇親、貴族、諸豪族を、それぞれの眼で見極めようぞ。余と縁のある多治比家は、もともと皇親派であるがゆえに、天皇家への忠誠心が強い。しかし、今回の事件で、公卿は意外に脆い。風見鶏――と知った。世間は、多治比は藤原に与した――と、見ているであろう」

二人は黙って頷いた。

「そなたたちの帰途、難波の高安王に――半年後、旅人帰京の際には難波津の王邸に、二泊ほど泊めていただきたい――とだけ伝えておくように」

「心得ました」

「また、これまで目立たなかったが、左大弁に抜擢された葛城王が、皇親として藤原一族にどういう考えをお持ちか――探れ。これまで大伴の候は戦の斥候が主であった。しかし、律令制の世となり、内戦も外征もない今は、政事の情報入手と判断が重要となった。吾らは平和に呆け、迂闊であった。大伴の候の再編成を、内々検討しておけ――」と牛養に伝えよ」

旅人は、有能な牛養を、今は閑職にあっても、家持の後見役に重用する意図であることを、二人に明白に示した。

――房前卿の噂については、氏上殿の判断が正しかった――

と、後日二人は確認した。

（三）大伴の名実

これらの政事や一族の話が終わると、旅人は二人に珍しい茶菓を勧めた。

「那大津には唐や琉球の珍しい食材が多く入る。これは万頭よ。餡に工夫がある。外は小麦という粉で作って蒸したものだ」

二人は「美味い」と連発し、ぱくぱく食べた。

「ところで稲公、古麻呂。食べながらでよい。聴いてくれ。無礼講で構わぬ」

「では遠慮なくいただきます」

「話題は吾が大伴の名だ。父祖の時代には天下を二分する壬申の乱があり、大伴の武名を歴史に残している。余の時代には、隼人の乱を鎮めた。その規模は大きかったが、壬申の乱の比ではない。国家が安泰となり、年々律令制が充実し、吾らは天皇直属の伴造から官人となった。国内には大きな戦いはあるまい。あってはならぬ。大唐や韓半島からの侵攻も、懸念は少ない。吾らは武人でありながら、官人として生きねばならぬ身となった。大伴が武勲で名声を歴史に残す機会は、ますます少なくなるであろう。さりとて武力を以って政治の実権を握ることは、やろうと思えばできぬことではないが、伴造の本来の生き方ではない。武を捨て官人にもなれぬ。難しい世になったものよ。今や氏上はじめ重臣は、己のための立身出世ではなく、一族の者すべての面倒を見るために、できるだけ高い地位に就かねばならなくなった。武人ではない新興の藤原が、官人として高い官位官職に一族を登用し、世を謳歌していることを非難しても始まらぬ。むしろその生き方を学習する余地がある。要すれば、大伴は、第一は武人としての鍛錬怠るべからず。第二は官人として、学問に励み、高い地位を目指し、一族の登用を図ること。牛養に伝えておけ。反藤原の態度を慎み、藤原の生き方を分析し、大伴氏族のために今後牛養は出世を志せ——と」

「相分かりました」

二人は万頭を食べるのをやめていた。旅人の述懐を真剣に聴いていた。

「第三の話の前に、唐の茶を飲め」

旅人は、那大津で売られている高価な唐の茶を二人に勧め、自分も一服した。

二人にとって、茶は初めての飲み物であったが、感想を口に出す雰囲気ではない。

「さて、話題を変えるぞ。偶々か、藤原の計画か知らぬが、この地で筑前守の憶良殿と再会した。郎女を失った悲しみはあるが、神経を擦り減らすような京師と異なり、人生で至福の時を過ごしている」

——氏上殿は変わった——と、二人は感じていた。

「至福の時とは？」

怪訝（けげん）な面持ちで稲公が訊ねた。

（愛妻郎女様を失い、長屋王を失ったのに、なぜか？）古麻呂も疑問に思った。

「和歌よ。歌の世界にのめり込んでいる」

「和歌なら京師でも詠まれていたではございませぬか？」

「本質が違う。歯の浮いたような皇室礼賛、みだらな男女の相聞、美しい景色を美辞麗句で詠む羇旅（きりょ）歌（か）の宮廷歌壇ではない。憶良殿の歌の世界は、庶民のありのままの人生であり、醜い社会であり、それぞれの喜怒哀楽、人の心の吐露だ」

——氏上殿は筑前守に、先刻から敬称をつけている……部下であるのになぜか？——

気が付いた二人は、事情を知りたかった。

「憶良殿は凄い。日本書紀は皇統の史書であっても、国の民の歴史書ではない——と、喝破されておる。その皇統史には欺瞞が多い——と、指摘されている。これは他言無用ぞ」

「はい」

「したがって、お上の作る皇統史ではない何らかの歴史資料を、後世に残す必要がある——と、考えておられる」

聡明な稲公と古麻呂は、予想もしなかった話題の展開に驚き、追随するのに必死だった。

「憶良殿は、倭（やまと）の歌に目をつけられた。上は天皇（すめらみこと）から下は遊行女婦（うかれめ）に至るまで和歌は詠まれている。身分の上下はなく、東国から西海道まで、万民のあらゆる歌を集め、足らざる分野は、自ら貧民や女になり代わって歌作をされている。単に文藝作品集としてではなく、下手な歌でも歴史の資料になる歌は、詠み人不詳でもよい、歴史に残すべし――と、巨大な歌集の編纂を企画され、蒐集作業をされている。それも公務を見事にこなされた上でな」

古麻呂が口を挟（はさ）んだ。

「有名な類聚歌林七巻でも相当な作業であったろう――と、話題になりましたが、まだ集められておられるのでございますか」

「左様。憶良殿と余は、過去の歌人たちが詠んでいない分野の題材に挑戦し、自由闊達に詠んでいるのだ。それが至福の時よ」

旅人が、呆気（あっけ）に取られている二人の顔を見て、笑った。

「憶良殿はのう、類聚歌林を補完充実する新歌集を『万葉歌林』と名付けている。万葉とは万民の歌の意だ。それがしと坂上郎女、それに憶良殿の弟子である家持の三名は、この国民歌集の編集と上梓のために、作歌と資金提供の両面で、全面的に支援協力することを誓約した。余も家持も、今後は武人、官人、文人の三面で、後世に名（な）と実（みのり）――名実（めいじつ）を残す所存だ。分かったか？」

（筑前守の私家本である類聚歌林を増補する「万葉歌林」を、大伴宗本家が全面的に、共同作業し、資金提供するのか！）稲公は驚嘆した。古麻呂が首を傾げた。

「資金も全額を？」

「そうだ。これは極秘だが、憶良殿は文藝にご理解の深い、さるやんごとなきお方にお願いする予定であった。だが残念ながら急逝された。だから余が出すのじゃ。心配するな」

（そうか……長屋王の代わりに、氏上殿が……そうか……日本書紀は舎人親王や不比等が中心だった……そうか……長屋王への挽歌か……藤原への一矢か……）

「古麻呂、ご主旨よく分かりました」

俊才二人は頭を大きく上下させた。

「憶良殿は、目下この『万葉歌林』編纂の趣旨を、天下に遍く知らしめるべく、序文を起草中だ。和漢に通じた碩学だ。見事な文章になると信じている。その序文に、協力者として吾が大伴の名を後世に残すことになろう」

「『武の大伴』から『文武の大伴』への変革でございますな」

「その通りだ。このこと牛養に確と伝えておくように」

「承知致しました」

稲公も古麻呂も、これまで氏上の旅人が、武将としても官人としても、超一流である――という世間の高い評価を誇りにしていた。さらに、筑紫に在って歌人として活動していることも、一族の誇りであった。

（「万葉歌林」への協力は、その比ではない。万世に大伴の名を残すか）

二人は感銘していた。血が沸き立っていた。古麻呂がさらに質問した。

「増補改訂の規模はいかほどでございますか？」

「最終は二十巻と聞いておる。憶良殿は大唐の『芸文類聚百巻』に圧倒され、せめて和歌の類聚を――と、『類聚歌林』七巻をまとめられた。現在ではまだ十数巻の歌草しか集まっていないとのことだ。したがって、家持を歌人として育て、完成する――との約定だ」

「二十巻も！　家持殿を育成して！」

古麻呂は武者顫いしていた。

（あの風采の上がらぬ老人の筑前守が、何という壮大な構想を持たれ、実現に努力されていることか！……氏上殿も巨大だ。財産だけでなく、家持殿の人生まで提供されるのか！　旅人殿も憶良殿も、唯者ではなかった。……吾もお二方に及ばずとも、近づくよう励もう。大きな器を目指そう。……憶良殿のように見聞を広めるため、大唐に行きたい。名と実を後世に残したい……）

と、古麻呂は心中秘かに決意した。

鉢に盛られている万頭は、古麻呂の眼中になかった。

後年、遣唐留学生、さらに遣唐使節の副使として、苦労して名僧鑑真を日本に帯同する偉業をなそうとは、この時、旅人も古麻呂自身も夢想だにしなかった。

旅人と稲公、古麻呂の鼎談は終わった。

瘡は快方に向かった――という張薬師の診断で、二人の駅使は帰ることになった。

宗像の港から船で山陽道へ旅立つという。家持が、病父旅人の名代として、大伴百代を後見役に、駅使を夷守（福岡県粕屋町）の駅舎まで見送り、送別の宴を張った。和歌の好きな少典・山口若麻呂が宴席を取り仕切った。百代は一族の俊秀二人との談話に、時の経つのを忘れていた。十三歳の少年、家持は稲公たちの会話を静かに聴いていた。
（若君にはすでに大人の風格がある。三年前、御津の濱で見送った時には、まだ稚い少年であったが、驚くほど逞しく、凛々しく成長された。新氏上として大丈夫だ。若君の成長ぶりが、最大の土産話になる）
旅人の名代として堂々と見事に宴席をこなす家持を、古麻呂は頼もしく見ていた。
百代と若麻呂が餞別の歌を披露した。百代は懇談の時を惜しみ、若麻呂は安全を祈った。

草まくら旅行く君を愛しみ副ひてぞ来し志可の濱辺を

（大伴百代　万葉集　巻四・五六六）

周防なる磐国山を越えむ日は手向よくせよ荒しその道

（山口若麻呂　万葉集　巻四・五六七）

奈良に着いた稲公と古麻呂は、長老の牛養に旅人の回復と伝言を報告した。一族に久々に明るさが戻った。

第十帖　万葉の序

神代より　言ひ傳て来らく　そらみつ　倭の国は　皇神の　厳しき国
言霊の　幸はふ国と　語り繼ぎ　言ひ繼がひけり……
（山上憶良　万葉集　巻五・八九四）

（一）観菊

旅人の瘡も完治し、駅使は帰り、旅人の館の暮らしは元に戻った。

例年通り七夕の宴も終え、暦はいつしか八月下旬になっていた。

「重陽の節句も近いな。その前に筑前と一杯飲むか」

重陽の節句とは九月九日である。菊の節句とも言う。陽の数字でも特にめでたい九の数字が重なるので、この日は祝福される。

――節句にはちと早いが、菊を愛（め）でつつ二人だけで一献傾けながら、和歌を論じよう――との誘いをかけた。

長屋王の変が終わって一年半が過ぎていたが、国内に余韻はくすぶっていた。大宰府の官人や、国府の国司たちの中には、少弐・小野老を頭に藤原一派の意を承けて、旅人や憶良の身辺を探っている者がいることは、二人とも承知している。宮仕えをすれば、保身のためにやむなく権力者に従う者が出ることは、いつの世にもある。

――菊を愛（め）で、和歌を語り合おう――と、わざわざ大袈裟に口上に含ませたのは、藤原の探索を欺くいつもの慎重な対策であった。

その日、憶良は那大津の迎賓館である筑紫館（つくしのむろつみ）に出入りする楓に見立ててもらって、高価な大輪の菊の鉢を、帥館に届けさせた。楓は豪商倭唐屋の先代の未亡人であるが、接客に慣れており、語学も達者なので、筑紫館での海外賓客の宴席の裏方には必要な存在であった。花の飾りつけには天賦の才があった。

夕刻、憶良は湯浴みをして衣服を整えると、半紙一帖の書き物を風呂敷に包んで、旅人の館に向かった。

駅使として西下した稲公と古麻呂に、遺言代わりに意図を伝え終わった旅人の顔は、すっきりしていた。二人きりになると、師弟の言葉使いになる。

「憶良殿、まずは見事な懸崖（けんがい）の菊をありがとう。子供たちや妹も大層喜んでいる」

旅人は奥座敷の濡れ縁の前に置かれた菊の鉢に案内した。いつものように障子などを開け放ち、余人が近づかないようにした。

料理が運ばれ、二人は暫時酒盃を傾けた。

頃合いを見計らって、憶良が風呂敷を解き、数葉の半紙を取り出して、旅人に手渡した。

「帥殿、新しき歌集の序文の草案でございます。吾が国では初の試みゆえ、庶民にも理解されるように、分かり易く書いたつもりでございます。それゆえ、やや長文になりますが、お目を通してくださいませ。将来上梓時には家持殿にあとがきをお願いしましょう」

「そうか。では拝見」

（二）万葉の序

旅人は、一行一行ゆっくりと目を通した。

万葉歌林　序（草案）

古より人は異性を愛し、夫婦となり、家を成す。家々は相寄り、邑を作った。邑々は相携えて、里を作り、里長これを治める。祖を共にする同族の里は、集いて郡を成し、氏族を形成した。氏族の中で衆望厚き者が郡を集め、国を作り、統治し、豪族となった。

時移り、諸国の豪族は、紆余曲折を経て、遂に大和朝廷の下に統一され、倭国となった。

大王（おおきみ）が誕生し、後に天皇（すめらみこと）と称した。地方の豪族は国造（くにのみやつこ）となり、朝廷の臣は伴造（とものみやつこ）となり、天皇に仕えた。

このような国家の形成は、大河の流れに似る。深山の巌石に滴（したた）りし一滴の水が、相集いてせせらぎとなり、やがて渓谷を作る。渓谷は次第に合流し、川となり、河川は支流を集めて、遂に大河となり、海に注ぐ。

吾が倭国は大王に統治される国にはなったが、古（いにしえ）の倭国には文字がなかった。大河ではなかった。時の倭王武は外国（とつくに）の南朝に使いを送り、漢（から）の文字を含む大陸の文物を、吾が国に入れた。これにより大和の朝廷では、憲法、律令はもとより、会話の言葉も漢の文字で表記されることとなった。地方諸国の諸豪族や邑々に口誦で伝承されていた神話伝説は、次第に漢の文字で記録されるに至った。

ここに至り、英明なる天武天皇は、天武十年、川島皇子、忍壁皇子に、帝紀および上古諸事を取りまとめた修史の編集を命ぜられた。諸国より朝廷に、各種の史資料および口誦伝説が集まり、朝廷は書司（ふみのつかさ）の史（ふみひと）を増員した。

かくして元明天皇の和銅五年、太安万侶（おおのやすまろ）により、遂に古事記が編集された。実に二十年の歳月を要した。

続いて八年後、養老四年、舎人親王と藤原不比等卿は日本書紀を完成された。

国史というべき記紀の編纂と相俟（あいま）って、朝廷は隋および唐に範を求めた。律令の制度を充実し、官制を整え、京師に皇居を造営し、済々と政事を執り行ってきた。吾が日本の国は、規模の差はあれども、隋や唐に準ずる国家としての形成は更に進んできた。
しかれどもいまだ及ばざる分野があった。国家的規模での文学、芸術の記録と総括である。

古事記、日本書紀の中心をなす皇統の継承、憲法・律令の制定、官人の任免、褒賞処罰、豪族の故事来歴などを記した国史は、為政者や社会の上部階層にある貴人の視点から見た政事の記録であり、解説である。

川の流れに譬(たと)えれば、記紀も、律令も、政事も、大河の表層の叙述、描写に過ぎない。

水流には、表面から見え難い下層の流れや、深層の世界がある。

国を支える農民、漁人(いさりびと)、兵士・防人(さきもり)、下級官人、従僕、商人(あきんど)、遊行女婦(うかれめ)などの庶民の生活、思想、感情もあれば、政事の紛争に敗れし者の痛恨の怨念もある。身分の上下を問わず、憐れな死者への挽歌があれば、他方、愛や恋の本能を高らかに歌う情の世界もある。

古事記、日本書紀を、官により編まれた国家的規模の、政事を描いた壮大な叙事詩に譬えれば、恣意を入れず、民によって撰ばれた、上は天皇から下は賎民、罪人に至るまでの、国の臣民、全員の抒情の記録もまた必要である。

要約すれば、歴史も文藝も、万民の、万民による、万民のためのものでなければならぬ。

吾、山上臣憶良、偶々(たまたま)若き日、舎人として宮仕えし、選ばれて、律令の制定、古事記、日本書紀の編集に、端役として参画せしことあり。記事に採用されざる膨大な資料と情報を知る。その後、文武天皇の大宝元年、遣唐使節の録事に選ばれる光栄に浴す。執節使(しっせつし)、粟田真人(あわたのまひと)卿の供として、大唐に滞在する幸運を与えられぬ。その時、武后の配慮により、かの国の「芸文類聚(げいもんるいじゅう)」百巻を閲覧する好機に恵まれぬ。その詩文の量の多さ、質の高さに圧倒され、衝撃殊の外大きく、心中感じること多き。

吾が国には隋・唐の漢詩に匹敵する和歌なる優れた文藝世界が、古来より存する。然れども、「芸文類聚」のごとき、国民的規模での蒐集と内容による分類、あるいは作歌の背景などを解説した注記も、書籍も存せず。

元正天皇の養老五年、吾は東宮・首皇太子の侍講の大役を拝命せり。依って、大唐より帰り十年間に蒐集したる古今の名歌、千数百首を選び、之を「芸文類聚」に倣って、分類し、「類聚歌林」と命名、七巻を編集、私家本として上梓し、東宮に四年間進講せり。

東宮より、「類聚歌林により、皇室はもとより、下々に至るまでの民の和歌により、多くを学ぶ」とのご感想を賜る。さらに「この歌林の充実に意を注ぐべし」とのお言葉をも頂戴す。恐懼の極みなり。

これにより、吾はかねてより畏敬する柿本朝臣人麻呂、山部臣赤人ほか多数の歌人の協力を得て、さらにさまざまな和歌を、東国から西海道に至るまで、全国より蒐集せり。

これらの蒐集歌を分類検討したるところ、「芸文類聚」を質的に凌駕するには、新たなる歌風により、幅広き分野の作品の補充が必要――との判断に至る。

すなわち、伝統的なる皇統讃歌、国土讃歌、叙景歌、叙事歌、抒情歌のほかに、実生活の哀歓や、人生の陰翳である老病貧死の苦悩を、虚飾を排し、心中より迸り出るままに詠む歌風の生活歌である。

天運というべきか。吾、筑紫の地にて大伴宿禰旅人卿と肝胆相照らし、深く歌論を談ずる機を得し。

卿は優れたる歌人にして、吾が革新的意見を全面的に理解され、賛同を得ぬ。

これにより吾ら二人は相研鑽し、人生歌、社会歌を、自由闊達に詠みぬ。吾が国の和歌は、詠み人の階層ならびに題材において、大いに広範囲となり、かつ、奥深さを持つに至る。

大伴旅人卿は、「類聚歌林」を根幹にして、以後の蒐集歌を枝葉として、政事に左右されず、私撰上梓の方針を貫くならば、新たなる歌集の費用を大伴宗本家で負担する旨を確約された。

吾が目途とする国民歌集とするには、更に蒐集したきこと、補完したきことあり。然れども、旅人卿も吾もすでに老境に在り。その選歌ならびに左注を行うに残された時の少なさを嘆く。吾ら二人は相協議し、大伴坂上郎女を後見人として、旅人卿嫡男の家持を歌人として育成の上、両名を新歌集の要員として、後事を託す——と、決めた。吾ら四名は、命ある限り、新しき歌集の上梓に、傾注努力する——と、誓約す。

この目的実現のために、漢風表記の「類聚歌林」を改題し、新歌集を「万葉歌林」と命名せり。万人の言霊の籠る歌集が、勅撰国史である古事記、日本書紀に並ぶ私撰歌集として、後世に伝承されることを切に祈念する意図による。

大河の水は、すべからく山野の草木の葉が、天より受けた一滴より始まる。草木の万葉が、朝夕の陽光、あるいは月光に、きらりと輝きを放つ一滴の中に、真実と真理の訴えがある。

吾、山上臣憶良、謹みて詠む。

神代より　言ひ傳て来らく　そらみつ　倭の国は　皇神の　厳しき国
言霊の　幸はふ国と　語り繼ぎ　言ひ繼がひけり

私撰なれば本序文に官職並びに位階を省く。
起案　山上臣憶良（自署）

吾ら三名、右序文に同意し、茲に、誓約し、連署す。
天平元年九月九日
大伴宿禰旅人（自署）
大伴坂上郎女（自署）
大伴宿禰家持（自署）

旅人は通読を終えると、再度ゆっくりと吟味した。

「さすがは憶良殿。『万葉歌林』の編集を必要とする背景について、皇室の形成、記紀編集にも意を尽くした、分かり易い名文でござる。最後を締める歌の格調が高く、極めて良い。声を出して読んでみたい」

旅人が呼び鈴を振った。

「坂上郎女と家持をこの席に呼べ」

二人が奥座敷に来た。

「二人とも心耳を澄まして聴くべし」

旅人はゆっくりと読み上げた。

坂上郎女は目を閉じて聴いていた。少年家持には難解な表現もあったが、これまで特訓を受講していたので、憶良の意図は理解できた。すでに覚悟してきた事柄である。

旅人の音読が終了した。

坂上郎女が紅潮した顔で、一気に感想を述べた。

「お見事な文章でございます。もし長屋王様がご存命でしたら、私共の前に、膳夫王様とご連署くださいましたでしょうに……それだけが残念でございますわ」

「その通りだ」

旅人が呻くように頷いた。

「不束者でございますが、生涯を懸けて家持を後見し、憶良様と兄上の壮大な夢、万民の夢の実現に全力を注ぎます」

「憶良殿。吾ら三名に異存はない。すぐ浄書を」

と、旅人が草案を憶良に返した。

「家持、荷が重かろうが、男児は生涯に何を残すか——が、肝要じゃ。かねがね申す通り、吾が大伴は代々武人の本流なれども、文の道でも一流を目指し、文武両道の嚆矢——として、後世に名を残すぞ、よいな」

「心得ております。憶良先生の特訓に報いまする」

簡潔ながら力強い返事に、憶良は師として、よき弟子を得た満足感に興奮していた。

旅人は自分の年齢を気にしていた。逞しく成長してきた家持を、愛おし気に見た。

「家持、人生は長いようで短いものよ。若い時は色恋にも酒にも大いに遊ぶがよい。ただ、溺れてはならぬぞ。頭の芯は醒めておれ。また、何事も、随所に主となれ」

「随所に首と？」

「首ではない。主要な人材——という意味だ。憶良殿もそれがしも、二人に共通している点は、若き日より、それぞれ与えられた職務では、常に完璧にこなして主となった。他方で、それぞれ好きな道にも遊び、人の倍ほど人生を楽しんだ。吾が人生哲学を歌で示そう」


生者つひにも死ぬるものにあれば今ある間は楽しくをあらな

（大伴旅人　万葉集　巻三・三四九）


「旅人殿、よくぞ申された。今宵はまことに嬉しゅうござる。今少し酒を頂きたく……」

「憶良様、失礼しました。どうぞ」

と、坂上郎女が憶良と旅人の杯に注いだ。

月を愛でているのか、遠くから和琴の音が幽かに流れてきた。

（三）池に鯉

九月中旬、大宰府に公報が届いた。

従二位大納言　多治比真人池守　己未（八日）薨

旅人は複雑な気持ちで、池守逝去の公報を受け取った。池守は、旅人の側妻、多治比郎女の伯父になる。嫡男家持とは血縁になる。

長屋王の変では、聖武帝の勅命とはいえ、王を自害に追い込んだ訊問団の一員であった。

長屋王には「池守、お前もか！」と、面罵された。

（皇親派だった池守卿は、長屋王と藤原の、いや、帝との板挟みになって懊悩し、悶死されたのか。はたまた、急死は長屋王の旧臣による密かな企みか？）

旅人は、憶良に尋ねたいと思ったが、やめた。

（分かったところで詮なきことよ。心残りは、池守卿に家持、書持をご覧いただきたかった。太宰府からご冥福を祈るほかない）

暫くして池守卿の死因が太宰府に伝わってきた。

――河内の領主であった池守卿は、土木灌漑工事に熱心で、川魚が好きであった。ある日、鯉の洗いや、鯉こくを所望した。ところがその夜、腹痛で、薬石効なく数日苦しみ、息を引き取った。半年前に雇った膳部の下働きの女が消えていた――

大納言に空席が出来た。辞令が出た。

――正三位中納言大宰帥　大伴旅人　為大納言――十二月に帰京せよ――

大納言は右大臣に次ぐ高官であるが、長屋王亡きあと左大臣、右大臣はいない。知太政官事舎人親王の次は、先任大納言、藤原武智麻呂である。中納言の時は、武智麻呂は旅人の次席であった。それが、長屋王の変の直後に、旅人を跳び越えて大納言に昇進し、権勢を掌中にしていた。

(大納言になったとて、肩書は表向きだけのこと。武智麻呂の下では飾りに過ぎぬ。これまた詮なきことか)

旅人には政事の中枢に復帰する高揚感は湧かなかった。だが、

(帰京すれば大伴一族を再度纏められるな。藤原の遠謀に対抗する手段を講じられる)

異母妹の坂上郎女は、兄旅人の昇進を素直に喜んでいた。

「兄上様、おめでとうございます。私は一足先に発ち、佐保の館をきちんと掃除し、大伴一族で賑々しくお出迎えしますよ」

と、二人の息女を連れて、十一月半ばに筑紫を旅立った。

第十一帖　昇叙の真相

（天平）三年春正月一日　天皇は中宮殿に出御して、群臣に宴を賜った。……正月二十七日正三位の大伴宿禰旅人（おおとものすくねたびと）に従二位を授けた。従四位下の門部王（かどのおおきみ）・春日王（かすが）・佐為王（さい）にそれぞれ従四位上を、……

（続日本紀　巻第十一　聖武天皇）

（一）拝賀

佐保の館に帰って荷を解く間もなく師走は終わり、天平三年（七三一）となった。元旦。旅人は聖武天皇と光明皇后に、新年の賀詞と立后の祝詞、自分の大納言昇叙のお礼と帰京の挨拶をするために参内（さんだい）する。坂上郎女が新調した衣服を持参した。

「兄上、明けましておめでとうございます。礼服（らいふく）をお持ちしました。着付けを始めます」

坂上郎女が表袴を差し出した。

（いつもなら郎女が優しく着付けをしてくれたが……）

旅人はふっと亡き妻の香りを想った。表袴の上に淡青色の裳をつける。

「では小袖を」

坂上郎女は、てきぱきと、盤領（丸襟）筒袖の下着を背後から着せ掛けた。その上にゆったりとした表衣の大袖を着る。色鮮やかな紫である。袖口が広く、袂が長い。下着の小袖の袖口は、同じ紫色で統一されている。帯をして長綬をつけ、垂らす。

「では玉佩をお付けくだされ」

と、坂上郎女が、長い飾りを丁寧に箱から出した。玉佩とは、五色の玉を糸に通して、五段（五条）とし、末端は金銅の花形に繋いでいる帯状の飾りである。右腰から下に垂らす。先端は沓の先に当たり、鳴るようにする。何とも派手な装いである。

「唐太刀をどうぞ」

旅人は黄金鍍金の見事な太刀を、左腰に付けた。この頃は太刀を縦に垂らす着け方である。

「兄上、ご立派でございます。礼冠をお被りくださいませ」

坂上郎女が新調した玉冠を差し出した。漆地の三山冠に、透かし彫りの金環が嵌められ、金鈴、珠玉が飾られている。冠の頂が三つの山になっており、賢者を示す礼冠である。

因みに、旅人が征隼人大将軍の時には、武官として箱型の冠の前面と左右に、山鳥の羽を挿した武礼冠を被っていた。大納言の今は、三山冠が礼冠である。

最後に、象牙で作られた牙笏を右手に持った。

「亡き義姉上様にお見せしとうございます」

と、気丈な坂上郎女が涙目になっていた。

玄関で烏皮の沓を履けば礼装は完了である。烏皮の沓は牛皮革製で黒漆塗である。

「家持と書持を呼びましょう」

坂上郎女が着付けの間を去った。

旅人の胃がキリキリッ、と痛んだ。礼装をした緊張のせいではない。

(郎女が逝って以来、筑紫で少し飲みすぎたかな。致し方あるまい)

坂上郎女が、家持、書持と戻ってきた。二人は凛々しい正装の父の姿を、眩しげに見た。

「網代車の手配は済んでおります」

網代車は牛に曳かせる乗用車である。大臣や大・中納言、大将軍など高官の乗る牛車で、内から外が眺められるように、竹や檜で編んだ網代で車箱を張っている。

旅人は、律令で定められた人数の供を従え、佐保路と呼ばれる南一条の大通りを、内裏のある西へと向かった。

(十年前とは異なるな。隼人の乱を鎮圧して帰京した時には、都の人々は熱狂的に歓迎してくれた。しかし今、街路に見かける官人たちは、儀礼的に頭を下げるだけだ。そ知らぬ振りをする者もいる。官人は変わり身が速いわ)

牛車の中で旅人は苦笑いしていた。

（庶民は昔のままだな。深々と微笑みを持って礼をしている。好意が網代を通して伝わってくる。民は吾が味方だな。さてさて官人がこの態度なら、内裏の雰囲気はさぞかし冷たかろう。覚悟して参ろう。筑紫を出立する時から、予想していたことだ。血を見る実戦に立ち向うことに比べれば、参内などはどうと言うことではないわ）

旅人は佩刀を衛士に預け、大極殿に入った。

聖武天皇が玉座に着席された。

旅人は帝に、賀詞と大納言昇叙の礼を丁重に述べた。さらに妻郎女長逝の折には、わざわざ京師から太宰府へ弔使を派遣賜ったことに感謝した。最後に、昨年重篤になった時、私事の願いを容れて、縁者を駅使として派遣いただいた上、お見舞いの下賜に、深く礼を述べた。

「伴造大伴旅人に賜りました帝の御心、旅人生涯肝に銘じ、ご恩に報いる所存でございます」

と、最大限の謝意を奏上した。隣席の光明皇后には、立后の祝詞を言上した。

光明皇后は、薄暗い大極殿が明るく輝くような、華のある美貌である。しかし、冷ややかな、棘のある言葉が返ってきた。

「長屋王は妾の立后に強く反対していた。藤原は皇后を名乗れる家柄ではない。皇后には、王の妃、吉備内親王のような皇女でなければならぬ――と申していた。長屋王の寵を承けていたそちには、妾の立后に異存はなかったのか？」

「帝のお決めになられたことでございます。伴造なれば、主上のご聖断に従うのが務めでございます」

旅人は深々と頭を下げた。

先任の大納言になっていた藤原武智麻呂が、見下ろすような傲岸な態度で、旅人に言った。

「旅人殿、お見かけしたところお顔の色がよろしくない。帝もご心配され、――内裏の薬師に掛かり、暫く養生に専念するがよい――とのお言葉である。朝議は案ずるに及ばない。舎人親王、新田部親王やそれがしで合議し、政事は滞りなく取り進めるわ」

「旅人、武智麻呂の申すようにするがよい」

との皇后の一言で、旅人の病気休養が決まった。

「ありがたきご配慮でございます。旅人療養に努め、速やかに新任務に復帰致しまする」

皇后が、追いかけるように、

「ほほほ、ゆるりと休め」

（出仕に及ばずということか……）

旅人は顔を上げて聖武帝の眼を凝視した。帝は慌てて瞬きをした。済まなさそうな顔で、皇后に同意するように、何度も頷いた。

（お人柄はよいが、やはり気弱なご性格はお変わりない……憶良殿が懸念された通りだ）

「ではそれがしこれにて退廷致します」

（この後に群臣の朝賀や祝宴があるが、これほど病人扱いされては、臣とはいえ、吾にも矜持がある。新大納言として賀詞と謝辞を述べた。房前卿でもいれば取り成してくれようが、なぜか欠席されている。これ以上長居は無用）

扉を出た。光明皇后、舎人親王、新田部親王、武智麻呂、宇合、麻呂らの哄笑が、旅人の背中を追ってきた。旅人は微笑んでいた。自らに告げた。

――おい、あくま。怒るな、威張るな、焦るな、腐るな、負けるな、旅人は柳だぞ。秘めた大志を持つ柳だぞ――

衛士から佩刀を受け取り牛車に乗った。

(二) 異例の昇叙

佐保でのんびり日を過ごしている旅人に、「一月二十七日、参内せよ」との伝達があった。

(元旦の朝賀で休めと言われて、休んでいるのに、急に参内せよとは何事か?)

大納言の朝服を着て、大極殿に入った。何人かの高官がすでに待機していた。従四位下の門部王や春日王など中級皇族や王族、中級貴族たちであった。後ろの方には多治比広成(ひろなり)や、一族の大伴祖父麻呂(おおじまろ)もいた。

(奇妙だな?)と、感じた時、真っ先に旅人が呼ばれた。

聖武帝から「従二位に叙する」とのお言葉があり、知太政官事、舎人親王から辞令の詔を受け取った。従二位は臣下筆頭である。舎人親王、新田部親王の次になる。

全く予想もしていなかった昇叙である。しかし昇叙の嬉しさの前に異常を感じていた。

(同じ正三位の藤原武智麻呂がいない! 昇格の時にはいつも一緒だった房前、宇合、麻呂の兄弟もいない！　正三位だけでない。正四位もいないい！　今日はどう見ても、従四位下より下の中級、下級貴族たちの定例昇叙の席だ。なぜ吾独り、先任大納言の武智麻呂を跳び越えて、従二位の昇格なのか。……明らかに場違いだ。それだけではない。吾は病気療養中で、新大納言の仕事をしていない。それなのに今になって、なぜ、朝廷は官位で、武智麻呂の上位に再逆転させたのであろうか？　解せぬ……）

　帰りの牛車の中で旅人は落ち着かなかった。車の中で今回の昇格人事表に目を通した。旅人は更に微妙な違和感を持った。

　新大納言になっても、大宰帥の後任はなく、旅人の兼官になっていたから、部下の人事は気になる。大宰大貮の紀男人（きのおひと）が従四位下から従四位上への昇格は、旅人が推薦していたので納得できた。しかし大宰少貮の小野老が、従五位上から正五位下に昇格しているのに驚いた。

（吾が男人の昇格を申請したので、藤原は対抗上、老を出世させたのか。愚かなことよ。大宰少貮は従五位下が相当の官位だ。老は太宰府へ来て、長屋王の変の直後に従五位上に出世した。それがまた昇格とは異常だ。……大宰帥、大貮、少貮の三役揃っての昇格は、一見おめでたいように見えるが……異例だ。とりわけ吾が従二位の突然の昇格は異例中の異例だ。何か裏の事情があるに相違ない。……朝廷は何を考えているのか？……憶良殿なら明快に解析し、助言をしてくれるだろう）

　旅人は、臣下筆頭の従二位昇叙を率直に喜べなかった。反対に薄気味悪く思っていた。憶良が京師にいないことが歯痒かった。

　佐保の館に帰ると、直ちに助を呼び、命じた。

「難波津の甚を、早船で那大津へ往復させよ。余の疑問を憶良殿に伝え、甚より報告させよ」

約二十日後、佐保に姿を見せた船長の甚の雰囲気に、旅人は事の重大さを認識した。

人払いした離れ座敷に、大伴牛養と助が坐っていた。

「牛養、本日そちを呼んだのは余の儀にあらず。大伴の存亡にも関わることぞ。吾も高齢ゆえ家持後見役のそちと、甚の話を聴く」

「承知致しました」

「船長の甚と、家持の下男の助が本席に同席するのを怪訝に思ったであろう。詳細は知らずともよい。二人とも山上憶良殿を首領とする山辺衆と申す候の者だ」

「候と申されましたか？」

「左様。しかし大伴の軍候とは異なる。政事、世情を探る候だ。吾と坂上郎女、家持、書持のみ知る大伴の隠れ候だ。極秘ぞ。そちは今後吾が代わりとして対処せよ」

牛養は一瞬に理解した。

「甚、憶良殿の解析を話せ」

「へえ、では首領に代わり、憶良として報告致しまする」

甚は変身の術で憶良になりきった。外見は船長の甚だが、態度、物腰、話術は筑前守・前東宮侍講の憶良であった。

牛養は仰天し、緊張した。

（三）昇叙の真相

「この度の旅人殿の従二位昇叙には四つの意味がございます。第一は、長屋王の変の反動対策。第二は西国防人軍団対策。第三は、東国和銅開発の不祥事問題。第四は房前卿の暗号でございます」

「なるほどやはり相当裏のある吾が昇叙だな。甚、いや憶良殿、一つ一つ詳しく説明を」

牛養は、氏上の昇叙を単純に喜んでいた己の無知を恥ずかしく思っていた。旅人が格下の筑前守を、私的な場面では「憶良殿」と敬称する態度を、これまでは若干疑問視していたが、瞬時に理解していた。

甚は憶良になりきっていた。


「では第一の長屋王の変の反動対策から申します。藤原一門による天武天皇直系の皇統継承者、それも最有力の長屋王ご一家抹殺より二年になります。藤原一門は、――天智天皇の落胤である藤原不比等の女系である聖武天皇の皇統は安泰になった――と、安堵しました。しかし世間は甘くありませぬ。――長屋王が左道で聖武天皇の衰弱を呪っていたというのは全くのでっちあげだ。誣告だった――と、見抜き、悲運のご一家に同情しております」

京師にいる牛養は大きく頷いた。

「庶民が納得していないもう一つの事例は、長屋王の妃、長娥子（ながこ）と安宿王（あすかべ）らの王子が助命されていることです。長娥子が不比等の女（むすめ）であったからです。天武系直系皇子の抹殺と対照的です。――藤原の血統保存だ――と、陰口されています」

「間違いない。藤原の血統保存だ」

「武智麻呂らは高飛車に構えて――巷（ちまた）の雑人どもの非難など放っておけ――と強気でした。しかし、無視できない新たな事態が生じております。中小の地方豪族たちの声でございます」

「地方豪族の声だと」

「壬申の乱と律令の制度に関連があります」

「何だと？」

「在来の大小豪族たちは、――隋唐に匹敵する中央集権の律令国家を創らねば、大唐の属国になりかねない――という天智、天武両帝の危機感と遠大な建国の理想に共鳴して、父祖伝来の領地を朝廷に差し出し、代わりに官人として相応の官位官職と、録を賜ってきました。ところが壬申の乱の際に天智帝の遺児，大友皇子の味方をした巨勢や石川（蘇我）など、近江朝の大貴族たちは、天武天皇の寛容なご配慮により、飛鳥の朝廷の官人として再雇用されました。いつしか復権を果たし、今は天智系の藤原に随（したが）っております。しかも律令の制度では、高い官位と官職を得て、領地を持たず高禄を得ております。一方大海人皇子（天武帝）に付いた武人系の地方豪族たちは、天武天皇には評価されました。しかし、武人たちは地方の国守や郡司などでした。天智系の持統皇后が皇位を継承され、不比等の台頭となり、さらに元明、元正と天智系女帝が変わり、かつ豪族の代替わりごとに、官人としての出世が遅れ、録が減り、ますます不満が鬱積しています」

「なるほど。平和になると武人より文官優位になったか」

「特に問題は不比等です。壬申の乱の折には、――天智落胤は危ない――と判断し、藤原の姓を捨て、田辺史大隅の許に匿われました。しかし乱が落ち着くと、庇護者の史の名を使い藤原史として下級官人になりました、いつしか異母姉の持統皇后の寵を得て、不比等とその子孫は、領地を持たなかった鎌足とは比較にならない高禄を食み、蓄財しています。大化の改新と、律令に従い、次第に斜陽の道を歩いている武人系の旧地方豪族には、我慢も限界に来ておりました」

（なるほど、根は深いな）と牛養は聴き入っていた。

「ここまでは地方豪族も我慢しておりました。それは、壬申の乱で武将たちの指揮をとられた高市皇子や、そのご嫡男、長屋王の政事に期待したからです。長屋王は藤原の房前卿や旅人殿など貴人と風雅の宴を愉しまれる一方で、出自の低いそれがしなどを登用してくださいました。また地方豪族の子弟を呼び、意見を聴かれ、政事に反映しておりました。例えば、東国の豪族の一人で外従五位下であった上毛野宿奈麻呂たち十名ほどです」

（そうか、長屋王は公卿など文官に比し割を食っていた地方豪族の意見を聴いていたのか）

牛養は甚が述べる憶良の解説に納得していた。

「武人系の地方豪族の怒りは、中納言で征隼人大将軍の旅人殿を、大宰帥として左遷したことから始まり、更に、長屋王の変で上毛野宿奈麻呂たち七名が配流されたこと、さらに、上席中納言の旅人殿を跳び越えて、藤原武智麻呂を大納言に昇叙、そのほか長屋王の変の関与者を異常に昇叙させていることなどです。――まさに天武系皇統継承皇族の抹殺と、武人たちの軽視だ。余りにひどい――との声に、朝廷は慌てて、旅人殿の帰京前に大納言に昇叙の詔を出されました。それとて武智麻呂の大納言昇叙に一年半も遅れています。地方豪族は――子供だましのような措置だ――と、怒っております。朝廷の候は、この実情を帝に報告しました。気弱な帝は、長屋王の変の反動を怖れたのでございます」

「反動を怖れたとは？」

「はい、それが第二、第三にも関連します」


「第二は太宰府の防人軍団対策です。旅人殿は、以前、征隼人持節大将軍として、隼人の乱を鎮圧されました。その時、西国の防人軍団をも率いられました。その武勲は西国の防人たちに語り継がれて、彼らの誇りになっております。武人の頂点に立たれた旅人殿が、大宰帥、防人軍団の長官として西下されたことを喜ぶと同時に、戦を知らぬ新田部親王が新大将軍になられた人事に、割り切れない感情を持っています。この交代が、結果的には長屋王の変の謀略と知ったからです。防人軍団は大伴四綱殿の厳しい指導で、精鋭軍団に育っています。また家持殿がしばしば大野城や基肄城や水城などを訪れ、兵士と交流を持たれたことから、彼らは東国出身ながら精神的には大伴軍団の意識に変わっております。防人たちは、旅人殿の大納言昇叙を喜びました。防人たちへの待遇改善などを期待していました。しかし、朝賀の日、光明皇后や武智麻呂たちが示した言動が筑紫に伝わってくると、防人たちは地方豪族同様に、失望し、怒りました。この防人たちの不満を、小野老はすぐに武智麻呂に知らせました。――防人軍団が旅人卿を立てて蜂起すれば、西国の豪族はすべて旅人卿につきます。大至急、旅人卿優遇の人事措置が必要です――と」

「そうであったか。余が朝堂で嘲笑されたことは、すぐに西国の防人たちへ伝わっていたのか。前線で苦労を共にした仲だからな」

（氏上と家持殿は、遠く筑紫の防人軍団で、これほどまでに畏敬されていたのか）

牛養は認識を新たにし、感動していた。

「小野老が大宰少弐として着任以来、すでに二階級も栄進を重ねているのは、藤原の候として、大伴や防人の情報を、的確にいち早く報告しているからでございます」

牛養は、京師では万年従五位下の貴族として冷遇されていた小野老が、藤原の候と知って驚いた。その驚きを察知したように、旅人が牛養に告げた。

「牛養、大伴は軍候には自信があるが、政事や世情を探る候は育てていない。山上憶良殿を首領（かしら）とする山辺衆を雇ったこと分かるであろう。重ねて申すがそちのみの極秘だぞ」

「相分かりました」


「では、第三の東国秩父の和銅開発に係わる不祥事の問題でございます」

「甚、ちょっと待てよ。秩父の和銅の問題などには、余は全く関係ないが……」

「首領も、——旅人殿はまだご存知ないであろう——と、申されていました。——しかし藤原は、旅人殿は承知しているのではないかと怖れている——とのことでございます」

「そうか。藤原は疑心暗鬼か。では憶良殿の情報を聴こう」

牛養は、氏上旅人と山辺衆の首領という憶良の交わす情報の水準の高さと、論理に驚嘆していた。情報収集の地域の広がりにも吃驚した。

（西国太宰府から東国秩父までも！）

「先ほど長屋王の信任厚かった東国の大豪族、上毛野宿奈麻呂の名を出しました。防人を多数出している上野国でございます。上毛野一族は昔から鉱山の開発に意欲的でした。上毛野の配下で、多胡村の羊太夫と申す胡の血を引く者が、蝦夷と懇意で、秩父の奥山で銅の鉱脈を発見し、朝廷に献上しました」

「日本で初めての銅であり、元明女帝は和銅元年（七〇八）と改元されたことは覚えている」

「以来、上毛野氏は銅を京師に供給し、朝廷では銅銭を鋳造、朝廷は一挙に富裕になりました。銅銭が世の中に普及し、商いは飛躍的に拡大しました」

「よく承知している。で、不祥事とは？」

「銅の権益に目をつけたのは藤原不比等です。不比等は多治比三宅麻呂を、初代の催鋳銭司に任命しました。多治比一族は農工土木の技術者を多数抱えている技術系集団であるからです。藤原には技術系の人材はいませぬ。そこで、不比等、三宅麻呂、羊太夫の三者は、密かに盟を結び、途中の利を抜き、不比等は巨富を得ました」

「なるほど」

「四年後、すなわち和銅四年（七一一）、正五位上、左中弁に出世した三宅麻呂は、右大臣の不比等とともに、太政大臣の穂積親王に働きかけて、上野国の一部から三百戸を分けて、多胡郡と命名し、羊太夫に与え郡司としました。多胡（現群馬県高崎市吉井町池）にその石碑が建立されました。勿論、羊太夫の上司で、秩父を治める上毛野氏もある程度の富を得ていましたが、不比等が得ていた富はその比ではありませぬ。鋳造と納品の過程でごまかしたのです」

旅人も牛養も、初めて耳にする展開に、身を乗り出していた。

「養老四年（七二〇）は激動の年でした。二月に大隅隼人が国司を殺害し、大反乱を起こしました。旅人殿が征隼人持節大将軍として鎮圧されました。八月に不比等が薨去し、長屋王が右大臣になられました。九月に陸奥国の按察使、上毛野広人が蝦夷に殺害され、大反乱が発生しました。長屋王は、三宅麻呂には甥になる多治比縣守卿を征夷将軍に任命しました。縣守将軍は、――羊太夫は蝦夷と組んで反乱の支援をしている――との理由で、羊太夫の領地、多胡の池村で、一族全員を自害させ、帰還しました。藤原はまず関係者の一人を抹殺しました」

旅人と牛養が頷いた。

「養老五年（七二一）、三宅麻呂は参議にまで出世しました。しかし、気が咎めたのか、翌年（七二二）――不比等卿は巨額の不正蓄財をしていた――と、密告しました。慌てた藤原一族は、三宅麻呂の告発に怒り、直ちに帝を動かし、三宅麻呂に誣告の罪を着せ、伊豆に流罪にして、不比等の不正蓄財を封印しました。ここでも藤原は関係者を抹殺しました」

「不比等と三宅麻呂、羊太夫が結託した不正蓄財は存ぜぬが、縣守卿が征夷将軍として東国蝦夷の大反乱を鎮定した件は承知している。そうか、羊太夫の反乱は無実の罪、いや実態は東国蝦夷の反乱にかこつけて、羊太夫の若干の不正蓄財を謀反の罪にすり替え、不比等の巨額蓄財の暴露を封じたのか。知らなかった」

「その結果、秩父の銅の権益は、殆ど藤原一族の手中に入りました」

「多胡の羊太夫は郡司でしたが、領民から慕われていたようです。優秀な配下を謀反の罪で失い、銅の権益を中央の貴族、藤原と多治比に奪われた上毛野氏は、藤原一族と多治比縣守卿に良い印象を持っていませぬ」

「うむ。そうであろう」

「首領は、さらに重大なことを旅人殿に伝えよ――と、駄目を押されました」

「さらに重大なこととは？」

「長屋王は、上毛野宿奈麻呂から、秩父和銅開発と銅銭鋳造の過程で、藤原不比等の蓄財や、羊太夫自害事件、三宅麻呂追放事件、の真相を聴取されたようです。これが露見すれば、藤原も多治比も終わりです。したがって、――表面上は左道との誣告、実質は天武直系皇統の抹殺。更には長屋王による調査を阻止し、銅権益の独占――が、長屋王の変の総括でございます」

旅人も牛養も、息を呑んで甚が告げる憶良の解析を聴いていた。

(そうか、皇統の問題もあるが、不正の摘発を懼れて、一挙に長屋王を抹殺されたのか)

豪胆な牛養であるが、冷酷な藤原一族の仕打ちに、慄然(りつぜん)としていた。怒りがこみ上げた。

「藤原三兄弟は、――長屋王と親密だった旅人殿が、秩父の銅と鋳銭に係わる不正の情報を入手しているかもしれぬ――と勘繰り、その口止めの意を臣下筆頭の昇叙に含めたとみられます」

「なるほど。余は全く知らぬが、そういう裏事情もあったか」

「首領は、――多治比縣守卿とは京師で親しく付き合い、旅人殿とは岳父、家持殿には外祖父になるので、まことに申し上げにくいが――と、前置きして、こう申しました」

「遠慮は無用ぞ。憶良殿は何と申したのか」

「多治比家は皇親派の大物です。藤原は多治比家を長屋王らの皇親派から切り離し、藤原派に強引に引き込むためと、先刻申し上げた藤原の銅銭鋳造の権益享受を隠しこむために、中務卿でありながら権参議に抜擢したのです。表面は池守卿の功績を、弟の縣守卿が代位受領の形ですが、裏の闇が深こうございます。縣守卿の権参議昇叙と上毛野宿奈麻呂の流罪は、対照的でございます」

「そうか、余の異常な従二位昇叙には、長屋王の変のみならず、多治比三宅麻呂の流罪や、羊大夫自害問題など、銅の不正蓄財がからんでいたのか。して、房前卿の暗号とは何か？」


「では第四の房前卿の暗号について説明致します」

牛養は「房前卿の暗号」という表現に興味をそそられていた。

「旅人殿は前征隼人持節大将軍、武人の筆頭でございます。現在は大納言兼大宰帥にして最大氏族大伴氏の氏上でございます。その旅人殿が京師へ帰り、最初の重臣の朝議や大夫（まえつきみ）たちも出席する群臣会議で、開口一番、長屋王のご一家をご自害に追い込んだ審問と判決に異議を唱え、秩父銅山関係の不正の疑惑の解明を求められたら、いかが相なりましょうか。上毛野氏ら流罪になった七名の属する地方豪族や、京師の反藤原皇親派などが旅人殿に同調しましょう。朝堂は混乱すること必至です。それゆえ藤原武智麻呂ら三兄弟と光明皇后が考えた策が……」

「それがしに病気療養を命じたのか」

「その通りでございます。元旦、賀詞と帰京挨拶時に、光明皇后が口頭で意を伝えられ、旅人殿は退廷されました」

（憶良殿は筑紫にいるのに、朝堂での状況をありのままに把握されているのか！）

　牛養は驚きを越えて、感服していた。

「その後に催される群臣の宴には出ずに帰宅した。療養を命ぜられては宴に出るわけにはゆかぬ」

「彼らの思う壺でございました。そして、――十六日の庭火御竈（にわびのみかま）の祭祀には、早朝四時につき、参席するに及ばず――と、知太政官事舎人親王の書面が、前日届けられました」

「その通りだ。それにより余は本格的に保養に入った」

「朝廷すなわち藤原一門の旅人殿に対する態度と、東国の豪族や西国の防人の動向を、最も心配されたのが藤原四兄弟の次男、賢人の房前卿でした。房前卿は、京師の大伴氏族や東国の豪族、西国の防人軍団が、旅人殿を盟主として、朝政の刷新を掲げて武装蜂起する事態を恐れました。中大兄皇子を光明皇后ら藤原一族、大海人皇子を旅人殿と置き換えると、それを支持するのは巨勢（こせ）、蘇我らの渡来系文官貴族と、古来の諸豪族の対立の構図になります。壬申の乱に酷似しています」

　牛養は、房前の心境が理解できた。事実、大伴の血気盛んな若手は、――藤原の振舞は大伴を侮辱している――と、息巻いていたからである。太宰府に居た旅人の指示で、牛養自身も血気を抑えてきている。

「これまで長屋王の皇親派と藤原一族の協調政事に腐心してこられた房前卿は、国政の波乱を懸念されました。もし藤原の政事に不満を持つ者たちが、旅人殿を担げば、壬申の乱と同様に、国家を二分する内戦になる――と、判断されたのです。折角苦労して築き上げた律令国家が崩壊するだけでなく、唐や新羅の侵略を招きかねませぬ。房前卿は、急遽、長兄の武智麻呂と光明皇后に面談し、――旅人殿を武智麻呂よりも上位で、臣下筆頭になる従二位に昇叙すべし。銅の権益は国庫に返上すべし――と、直談判したのです。先任大納言の武智麻呂は、気位の高い方ですから難色を示したのですが、房前卿は強く主張され、武智麻呂が渋々納得したのでございます。兎も角、急げ――と、二十七日の中級貴族の定例昇格人事に割り込みというか、紛れ込ませたのでございます」

「相当に慌てたようだな。余の蜂起阻止の特別昇格辞令ということか」

「その通りでございます。――旅人殿、決して起たないでくだされ。国家分裂の争乱だけは避けてほしい。吾が兄、藤原の氏上、武智麻呂を越える昇格で我慢してくだされ――との、房前卿の暗号だと、首領は申しております」

「そうであったか。藤原だ、大伴だ、位が上だ、下だ――などは小さきことよ。多くの先賢が折角苦労して創り上げた日本という律令国家を、破壊してはならぬ。唐や新羅などの外国に渡してはならぬ」

旅人は冷静に判断していた。

「甚、――旅人は房前卿の暗号、了解した。安心くだされ――と、憶良殿を通じて、房前卿へ伝達するように」

「かしこまりました」

甚と助が頭を下げた。

「ところで甚、最後の質問だ。武智麻呂と光明皇后は、なぜ、中務卿であるにすぎぬ参議の房前卿の意見を容れたのか」

藤原四兄弟の内、次男房前は、長兄で正三位大納言の武智麻呂や弟の宇合、麻呂と距離を置いていたからである。房前は兄と同じ正三位でありながら、職位は万年参議であった。中務卿は天皇の側近ではあるが、詔勅の文案の審署、国史の監修などを行う本流から外れた官職であり、常に冷遇されていた。

「――房前卿の人格識見は朝廷の官人たちだけでなく、在来豪族、地方国司たちからも高く評価されています。さすがの武智麻呂とて、不比等譲りの財産や権力は持っていますが、武力と国民の信望、人気では旅人殿に及びませぬ。賢弟の房前卿が顔色を変えて、緊急の事態と判断された意見具申を、武智麻呂、光明皇后、それに聖武帝の三者は、誰も無視できなかった――と、首領は申していました」

「それで全容が相分かった。憶良殿の迅速かつ詳細な情勢分析、並びに甚の往復、旅人心から感謝するぞ」

甚と助が嬉しそうな笑みを浮かべた。

「牛養。山辺衆の候の活動内容が分かったであろう。憶良殿の助言に従い、今は国家の大義のために、大伴一族を纏め、右顧左眄（うこさべん）せず、柳に風の自然流で行く。とりあえずは家督を家持に譲り、大伴万全の対策をとる。牛養、よいな」

旅人の理解と決断は早かった。このような時、心の友、憶良が奈良にいないことが寂しかった。

牛養は、氏上旅人が「憶良殿」と敬称する意味が分かった。身が引き締まる思いであった。

（四）萩の花散る

旅人は決断を実行に移した。牛養、稲公、古麻呂を呼んだ。

大伴氏族では、この時旅人に次ぐ重鎮としては大伴道足がいた。長屋王の変で、権参議になり、今は弾正尹から右大弁に栄転していた。位階は従四位下から二階級特進して、正四位下の高官である。道足は、旅人の祖父、長徳の弟、馬来田の子である。馬来田が壬申の乱の功臣であったので、朝廷では厚遇していた。道足は、（家持は少年であり、無位無官だ。旅人没後の氏族会議では、吾が選ばれるであろう）と、狙っていた。

旅人も、他の面々も、保身のため藤原にべったりの道足を嫌っていた。

旅人が信頼する高官がいた。道足に次ぐ従四位下の大伴祖父麻呂である。牛養の兄であるが、越前按察使兼越前守で任地にいたから、相談に召集できない。

「氏上殿、道足が、地位を嵩に主導しないよう、それがしが氏族会議を取り仕切りましょう」

と、牛養が司会を引き受けた。この時は正五位下の下級貴族であるが、後に正三位中納言となる傑物である。

祖父麻呂などの遠方勤務を除く、氏族会議が開催された。

本家筋の旅人の弟稲公、甥の古麻呂、分家筋では、道足、牛養、百代（牛養の子）古慈悲（祖父麻呂の子）、幹部では、四綱、首麻呂、三依（旅人の伯父御行の子）などの西国帰りが出席した。百代が、筑紫での家持の才幹や器量を報告し、四綱が武芸の技を保証して、旅人没後の新氏上は家持に決まった。牛養らの配慮で、旅人没後に氏族を代表して朝議に参画する人物として、――道足卿を参議として推薦する――と、決めた。

（氏族のごたごたを処理せねばならぬ氏上より、参議の方が恰好いい）と道足は納得した。

家持の後見役には、祖父麻呂、牛養、稲公が決まった。

旅人は安堵した。昨年の瘡の影響か、体力が急速に衰え、病に臥した。

秋七月、重篤となった。夢の中に、幼き日を過ごした故郷、明日香の里を懐かしんでいた。

（行きたい！　氏神のお祭りをしたい……憶良殿、聴いてくれ、最後の歌ぞ）

旅人は、声を振り絞って、詠唱した。

指進の栗栖の小野の萩の花ちらむ時にし行きて手向けむ
（大伴旅人　万葉集　巻六・九七〇）

七月二十五日、旅人は下男の助を病床に呼んだ。旅人はずしりと重い袋を助に渡した。

「助、家持と書持を護ってくれ。頼むぞ。なおこれは旅人の長屋王への香典代わりだ。そなたの仲間の『硃』へ渡してくれ。山部の、いや山辺赤人によろしくな、ははは」

それが旅人の最期の言葉となった。享年六十七歳であった。

佐保の裏山に巣を作っている呼子鳥、カッコウが、姦しく鳴いた。

第十二帖　終の手配り

士やも空しかるべき萬代に語り續ぐべき名は立てずして
（山上憶良　万葉集　巻六・九七八）

（一）貧窮問答歌謹上

天平四年（七三二）早春、憶良は帰京した。六年の筑紫暮らしは長かった。七十三歳の老人に次の官職はなかった。だが従五位下の貴族であるから、屋敷と位田はある。

（まずは食える。時間はある。長屋王や旅人殿がいないのは寂しいがやむを得ない。吾が身体も相当病魔に蝕まれておる。生きているうちに、諸々の手配をしておこう。まずは『万葉歌林』に欠けている部分を補強しよう、さて何に擬態するか……親子愛は、下級官人に擬態して筑紫で詠んだ。そうだ貧農に擬態し、宮廷歌人が取り上げぬ貧困を詠もう）

憶良は心を澄まし、擬態の術に入った。閃きが走った。里長の父に従って、税の取り立てに回った日が甦った。泉が湧くように農民と貧農の問答歌ができた。

風まじり　雨降る夜の　雨まじり　雪降る夜は　術もなく　寒くしあれば　堅塩を
取りつづしろひ　糟湯酒　うちすすろひて……吾よりも　貧しき人の　父母は
飢ゑ寒からむ　妻子どもは　乞ひて泣くらむ　この時は　いかにしつつか　汝が世は渡る……

貧農に早変わりした。国司時代気にしていた租税の重荷を、取り立てられる身で詠んだ。

……楚取る　里長が声は　寝屋処まで　来立ち呼ばひぬ　かくばかり　術無きものか
世間の道

（山上憶良　万葉集　巻五・八九二）

世間を憂しとやさしと思へども飛び立ちかねつ鳥にしあらねば

（山上憶良　万葉集　巻五・八九三）

（まずまずの作品になった。しかし長屋王と旅人殿は鬼籍だ。理解していただく方は誰か？）

憶良は観想の術に入った。中納言多治比縣守と参議藤原房前の顔が浮かんだ。さらに透視を続けた。

縣守の背後に弟廣成（ひろなり）が浮かんだ。房前の顔の彼方に、三男八束（やつか）の顔が現れた。
（この貧窮問答歌を縣守卿と房前卿に謹上する。廣成卿と八束殿が、必ず反応してくる。この四者は、吾が藤原政治を批判しているのではなく、日本のこれまでの政事（まつりごと）に反省改革の余地がある――と、指摘していることを理解され、政事に反映される筈である）

憶良は直ちに謹上の書状を、権に届けさせた。

（二）好去好来（こうきょこうらい）

年が明け、天平五年（七三三）三月。家持兄弟のほかは誰も訪れない憶良の屋敷に、思いがけない来客があった。多治比廣成であった。前年、第九次遣唐使の大使に任命されており、この四月に、難波津から出発予定ということも憶良は承知していた。

「憶良殿ご無沙汰しています。お体の具合がよろしくないと仄聞（そくぶん）し、お見舞い方々ご指導を賜りたく参上しました。これを召し上がって精を付けてください」

と、山鳥数羽を権に手渡した。

「これはかたじけない。今は小康を保っているので、手慰（てなぐさ）みに歌稿を整理しています」

「相変わらず八雲（やくも）の道にご精進でございますな。吾ら大いに見習わねばなりませぬ」

「ところで先日、帝より節刀を授かったとか……」

「そのことでございます。遣唐大使は名誉だ――と引き受けましたが、日が経つにつれ、吾が身に余る大役と知るに至りました。正直なところ不安でございます。大唐に渡られた経験のある憶良殿の教えを受けに、恥を忍んで参りました」

「いやいや小生の経験は三十年も昔でござる。小生よりも養老元年（七一七）の八次の面々、特に押使（最高責任者）であられた兄上縣守卿や大使の大伴山守（やまもり）殿が適役では？」

「両者にも教えを受けましたが、『大唐の朝廷で一目置かれた粟田真人卿と録事の山上憶良殿には及ばぬ』と申されました。特に兄より『平素勉強していないから今苦労するはやむを得ない。しかし国を代表して行くのだ。多治比一門の恥を晒（さら）すわけにはいかぬ。博識で実務経験豊か、語学力抜群の憶良殿に頭を低くして指導を受けよ』と厳命されました」

（さすがは多治比家。宣化（せんか）天皇の血を引く皇親家系だけあって好い人材が育っている）

憶良は求められるまま廣成の質問に、丁寧に応えた。

「さて廣成殿、貴殿を士（おのこ）と見て、憶良めが逆にお願いしたい儀がござる。貴殿には血縁の多治比郎女様の子、家持殿の将来でござる。多治比家と大伴家は親しき間柄故、この憶良の出しゃばることではござらぬが、旅人殿が長逝された故に、藤原一族は、幼い氏上の家持殿に厳しく当たると危惧（きぐ）しております」

廣成は黙って頷いた。

「それがしは筑紫在任中に、家持殿を文武の士として育てて参りました。さらに、亡き旅人殿と坂上郎女様、家持殿と四名で、大事業に着手しました」

「大事業？」

憶良は廣成に『万葉歌林』上梓の大計画を詳細に説明した。怜悧な廣成の眼が輝いた。

「それで先般兄が頂いた貧窮問答歌の目的がよく分かりました。家持殿支援と『万葉歌林』の件、兄にも憶良殿の熱意を伝え、またそれがしも帰国後は側面支援を約束します」

廣成は紅潮した面持ちで憶良の屋敷を退出した。

憶良も久々に昂揚していた。約三十年前の遣唐使渡航の感動や危難の日々が甦った。

(好漢廣成卿にも日本人としての誇りと使命感を持って赴任し、かつ無事帰国してもらいたい。吾がこうして生きているのは天祐であった。卿の無事を神に祈願しよう)

歌が迸り出た。筆を執った。「好去好来の歌」と題をつけた。好去は「さようなら」好来は「ご無事でご帰還を」との意である。長歌を詠んだ。反歌は妻に擬態して詠んだ。

神代より　言ひ傳て来らく　そらみつ　倭の国は　皇神の　厳しき国　言霊の
幸はふ国と……勅旨　戴き持ちて　唐の　遠き境に　遣はされ……諸の　大御神等
船舳に……御津の濱びに……早帰りませ
(山上憶良　万葉集　巻五・八九四)

大伴の御津の松原かき掃きて吾立ち待たむ早帰りませ
(山上憶良　万葉集　巻五・八九五)

出港直前の廣成から返書が来た。

「遠い大唐に赴く者にとって、大先達からこのような激励と、旅の安寧を親身に祈願されたご祝詞の長歌、ならびに帰りを待つ妻の気持ちをお詠みいただき、何よりの餞（はなむけ）と感慨無量でございます」

さらに、長歌と短歌が同封されていた。

「このたびの随員の母御が独り息子の旅の安全を想う歌でございます。歌才乏しいそれがしですら感動しました。ぜひ『万葉歌林』の草稿にお加えいただければ幸甚です」

旅人の宿りせむ野に霜降らばわが子羽ぐくめ天（あめ）の鶴群（たづむら）

（遣唐使随員の母　万葉集　巻九・一七九一）

（貴人ならずとも、無名の母も素晴らしい歌を詠む。これこそ母性愛の極致だ）

憶良は感動に身を震わせていた。

廣成は帰国後、従三位中納言として活躍し、家持を引き立てる。

（三）叡知の父子

筑紫へ赴任前の東宮侍講時代は訪問客が多かった。しかし、長屋王の事件後に帰京した憶良の屋敷を訪れる者は殆どいない。閑散としていた。例外は家持兄弟であった。書籍を小脇に抱え、数名の家臣や下男の助を供に毎日のように通っていた。

京師の人々は、学問好きの少年たちを半ば感心し、半ば軽蔑して眺めていた。

「武の大伴の御曹司が、文の道に溺れている」

「大伴は旅人殿で終わったな」

藤原一族も、無位無官の氏上、少年家持を無視していた。

兄弟は、権と助を相手に裏庭で密かに武技も磨いていた。家持は逞しく成長していた。

家持、書持のほかに、憶良を尊敬している青年がいた。藤原房前の三男、八束（やつか）であった。

後年、聖武天皇から「真楯（またて）」の名を賜り、正三位大納言となる傑物である。性格暢（の）びやかで、聡明であった。聖武帝は年下の従弟になる八束を可愛がった。幼時より宮廷に出入りし、時には憶良に教えを求めていた。非公式であるが、憶良と八束は、いつしか師弟の信頼感が醸し出されていた。憶良が筑前守として筑紫に赴任していた六年間は、交流が途絶えていた。天智系の藤原一門には、帰京後の憶良には近づくな――との暗黙の雰囲気があった。

だが、八束が、人目を忍んで深更（しんこう）訪れてきた。十八歳の堂々たる好青年になっていた。憶良は時の流れをひしひしと実感した。涙が出るほど嬉しかった。

「実は、父房前の使いで参上しました。父の書状と金子でございます」

八束は、驚く憶良に事情を説明した。

憶良から「貧窮問答歌」を謹上された房前は、瞬時に憶良の意向を理解した。すぐ八束を呼んだ。

房前には鳥養、永手の息子がいたが、幼時から八束の才を見込んでいた。

「八束。憶良殿より届いたこの長歌、反歌をよく読むがよい。吾らは衣食住に事欠かぬが、それは貧農たちからも酷な税の取り立てをしているからだ。為政者は常に下々の実情を把握し、気配りせよ――との、碩学の諫言(かんげん)と受け止めよ」

「よく心に留め置きます」

「憶良殿は漢詩漢文の素養が深い。この『貧窮問答歌』は単なる擬態歌ではないぞ」

「父上、その背景の漢詩漢文を教えてくだされ」

房前は筆を執って、半紙にさらさらと書いた。

邦有道　貧且賤焉耻也

「論語に――国家には治める道理がある。民が貧しく、下賤なことは国として恥ずかしいことだ――との意味だ」

さらに書いた。

願飛安得翼　欲済河無梁

「これは魏の文帝の詩の一部だ。――飛ぶを願ってもどうして翼を得ることができようか。渡ろうと欲しても河には橋は無い――さすがは憶良殿だ」

親子は憶良の反歌を斉唱した。

世間を憂しとやさしと思へども飛び立ちかねつ鳥にしあらねば

「人生哲学の秀歌じゃ」

「しかし、これを深読みされ、理解される父上も、お見事――と敬服します」

房前と八束。叡知の父子は知の世界を享受していた。

「八束。大きな声では申せぬが、日本第一の学識者を、六年もの間、西の果て、筑前国の国守として、戸籍の管理と租税の徴収に使役したのは、国家的見地から申せば、文藝や教育の機会の大いなる損失であった。藤原一門の恥と心得よ」

「八束、肝に銘じ、終生かような事の無きように心がけまする」

「よいか、近う寄れ」

房前は、身内の候を警戒した。

「表立っては光明皇后や兄武智麻呂の誤解を受けるが、それがしは憶良殿の『万葉歌林』の大作業には、密かに物心両面で支援する所存ぞ。憶良殿に礼状とこの金子を届けよ」

憶良が驚嘆したほどの多額の金額であった。

その後も八束は、深更、教えを乞いに屋敷を訪れてきた。

憶良の病が進んだ。八束は家臣の河邊東人に見舞いの果物を届けさせた。憶良はいたく喜んだ。一首を認め、東人に託した。

士やも空しかるべき萬代に語り續ぐべき名は立てずして

もう一枚の半紙にはこう書いた。

――是非とも紹介したき若者在り。明後日、子の刻（深夜十二時）人目につかぬよう拙宅へ。送迎警固には武の心得ある下男を手配致しますゆえ御休心くだされ――

同文の短歌と書状を、もう一通書いた。宛先は大伴家持になっていた。河邊東人が憶良の屋敷を去ると、黒装束の男が家持の住む佐保に走った。

（四）二つの付託

二日後の子の刻。憶良の屋敷の奥まった小部屋に、二人の若者が対面していた。

憶良が上座に座り、愛弟子二人を交互に眺め、微笑みながら口を開いた。手短に初対面の二人を紹介して、用件に入った。

「今夜お二人にご足労いただいたのは、お二人を今生稀なる士と見極めたゆえ、二つの案件を遺言として付託したいからでござる」

憶良は、突発的に襲ってくる癪の激痛を抑えて、言葉を続けた。

「第一は両名の今後の交誼でござる。お二方とも今は無冠です。しかし、いずれは藤原一門の中核、および大伴の氏上に相応しい官職に就かれ、大いに活躍する日が来る——と憶良は確信しております る。大事なことは、藤原一門の繁栄とか、大伴氏族の存命というような矮小な視点ではない。政事を司る藤原と、武門の大伴は、将来日本という国がいかにあるべきか——常に大所高所に立って思案し、行動せねばなりませぬ」

聡明な二人は深く頷いた。

「白村江の戦いの時には、それがしは三歳でしたが、数万の日本の兵士が戦死したと、後日聞きました。壬申の乱の折は、それがしは十二歳でした。国を二分した悲惨な戦いでした。そうした民の犠牲の上に、今の律令国家が形成されています。二つの戦いの折、大唐や新羅に攻め込まれていたら、日本は外国の属領となっていたでしょう。戦いは終わっても、残念ながら、再び中大兄皇子、天智系と、大海人皇子、天武系の、醜い皇統、権力闘争が続いています。お二方は難しい立場にあります」

憶良は、実際に胸も痛んでいた。息を整えた。

「血を血で洗う権力闘争には、恨みと虚しさしか残りませぬ。寛容な広い心。先を見通す冷静さを忘れず、相手の立場に思いを及ぼしてくだされ。お二人は吾が内弟子として、交誼を深め、良き日本国を造ることに努めてくだされ。それが佳き血筋に育った者の責務ですぞ」

「責務……でございますか？」

八束が尋ねた。

「左様。高い地位で大きな権限を持つ者は、一方で国家や国民に重い責務を負っています。この責務を失念すると人は傲慢になり、専横になることは、歴史に多くの事例があります」

八束は納得した。

「事の善し悪しはさておき、藤原氏は女人を皇室に入れ、外戚となっています。率直に申せば、不比等殿が鎌足殿の息ではなく、中大兄皇子のご落胤ゆえでござる。今後も入内は続くでしょう」

「申し訳ない」

「いや、これは八束殿の所為ではない。一方大伴は大貴族ではあるが、伴造、大連ゆえに天皇には女人を差し出せない。律令の制度では、武人の大伴は政事ではますます苦しい立場になりましょう。家持殿、覚悟しておかれよ」

「承知しております」

「八束殿には大所高所から、あるいは陰から家持殿の後ろ楯になってくだされ。唐や新羅は大国でござる。いつ何時、攻めてくるやもしれぬ。日本国を外国の侵攻から守り、また国内の反乱を抑えるには、平時にも武家、それも理性ある武人が必要でござる。政事を司る者も、軍事力を掌握する者も、常に日本の行末を考える責務がある――と重ねて申す。八束殿と家持殿が深くお付き合いくだされば、憶良は安心して黄泉の国へ旅立ちできますする」

八束と家持は眼差しを交わし、大きく首肯した。

憶良は長く話したせいか、肩で息をしていた。憶良は脇机から湯呑を取り、薬湯を飲んだ。

「第二の案件は、そこの長持ちでござる」

憶良は部屋の隅を指さした。燭台の向こうに真っ白な桐の長持ちがある。

「吾が故郷の大桐を切らせ、山辺郷の出身者で最も腕の立つ指物師に造らせた、からくり細工、二重構造です。盗人と火事に耐えるように工夫させたものでござる」

憶良は二人を長持ちの傍らに案内した。

「ご覧あれ。表には内蔵してある書類を大きく墨書した。金目のものは入っていない——と盗人に知らせるためと、凡愚が近づかぬよう呪(まじな)い代わりに聖武帝の名を借り申した」

前筑前守従五位下　山上臣憶良之書類
一　東宮侍講拝命辞令及聖武天皇感状
二　首皇太子進講之類聚歌林　原本
三　万葉歌林之序文兼約定書
四　万葉歌林歌稿並参考資料

「八束殿には『万葉歌林之序文兼約定書』を是非ご覧いただきたい。旅人殿、坂上郎女殿、家持殿とそれがしが血判を押した密約でござる」

「血判の密約ですと！……」

(隅に立っている少年家持殿が、『万葉歌林』編集の血判を押したのか！)

憶良が鍵を入れ、長持ちの蓋は開いた。内側になお重厚な蓋があった。憶良が数カ所前後左右に動かすと、また鍵穴が現れた。絡繰り細工である。第二の鍵で内蓋を開いた。憶良は一束の書類を取り出した。

「八束殿。この序文は憶良の人生観、歴史観の集約でござる。とくとご覧あれ」

八束は呼吸を整え、ゆっくりと目を通した。

灯火の芯がジジッと鳴った。

「感動致しました。素晴らしい内容でございます。八束、未熟者でございますが、生涯を懸けて陰より家持殿の歌業を応援致します。それがしの歌も選に入るよう八雲の道に精進致します。しかし憶良殿。この序文と『万葉歌林』に増補される歌には、皇統の方々はかなり衝撃を受けるのでは……」

「それゆえ序文と歌稿――十三巻分約三千首は、焼失あるいは盗難に遭わぬよう、この二重鍵の桐の長持ちに収め、今夜、佐保の大伴本家の蔵に移し、保管を手配してあります」

「それは最善の策です。八束、今夜のこと腹中に収め、上梓のご成功を祈ります」

憶良は満面の微笑を浮かべて、長持ちに施錠した。三人が元の座に戻った。

「先日、先生は――万代に語り継ぐべき名は立てずして――と詠まれましたが、『万葉歌林』の序文と歌稿の質と量を拝見し、歌人山上憶良殿の名は必ず立つ――と確信します」

「私も同感でございます。実は私の覚悟を歌にして持参しました。未熟な凡作ですが」

と、家持は答和の歌を披露した。

丈夫(ますらを)は名をし立つべし後の代に聞き継(つ)ぐ人も語り續(つ)ぐがね
（大伴家持　万葉集　巻一九・四一六五）

八束は仰天した。

（弱冠十六歳の少年にして、ここまで詠めるか！　天才だ。憶良殿の愛弟子だけあるわ）

「家持殿、ありがとう。この歌を黄泉路への土産にしよう」

憶良は脇机から硯を二つ取り上げた。

「それがしの形見でござる。遣唐使の折、洛陽で求めた端渓硯(たんけいけん)と黄山硯(こうざんけん)でござる。端渓は八束殿に、黄山は家持殿に使っていただければ、硯(すずり)は生きる」

二人は押し頂いた。

「お名残惜しくございますが、憶良殿、夜も更けました。お体お大事に」

二人を見送る憶良の眼尻に、一筋の涙が流れた。

（五）最期の歌論

憶良はキッと目を開いた。耳を澄ませた。土塀の外で梟(ふくろう)が鳴いた。寝床の中の憶良が、掌を口に当てて、梟の声音(こわね)で応(こた)えた。

縁の下に、黒装束、黒覆面の男が潜んでいた。

「硃、上がれ」

憶良が声をかけるとすぐに、宮廷歌人の衣装を着けた赤人が、布団の裾に座っていた。

「硃よ、もっと近う寄れ」

憶良は赤人を枕頭（ちんとう）に手招きした。死期に臨み、憶良は歌人赤人とゆっくり話をしたかった。

（いや、せねばならぬ）

と、決めていた。

「先刻、権と助と家人全員を手分けし、八束殿と家持殿をそれぞれの屋敷まで送らせた」

「ご両人を引き合わせたのは、良きお計らいでした」

「これまでの『万葉歌林』の序文と歌稿すべてを、八束殿に見せて、将来の支援を約束してもらった。歌稿の長持ちも佐保の館へ持ち込ませた」

「大伴の蔵なら火災や盗難の虞（おそれ）はありませぬ。さすがは首領（おかしら）、手配は行き届いております」

「今は空き家も同然じゃ。そなたとゆっくり歌談をしたい」

「ありがたき事と存じます」

「硃、そなたは律儀、真面目、温厚、謙虚、寡言……外従六位下の低い官人であるが、歌にかけては、歌聖と噂される柿本人麻呂の歌風を継ぐ宮廷歌人だ。『山柿（さんし）』として確固たる名声を博しておる。吾らの誇りぞ、誉めて遣わす」

「いやいや首領には及びませぬ」

「歌論の後で、山辺衆候の首領として、最後の密命を申す。吾を起こしてくれ」

赤人はゆっくりと憶良を抱き起こした。枯れ木のように軽かった。

「わしが東宮侍講に任命されたのは養老五年（七二一）であったが、そなたが宮廷歌人に採用されたのは少し後だったな」

「はい、神亀元年（七二四）聖武天皇ご即位の時でした。これも首領が、時の右大臣、長屋王に道を付けてくだされたおかげです」

「あの年は朝廷でいろいろあったのう」

「長屋王は左大臣に、参議の房前卿は正三位に昇叙されました。元明太皇の願望された長屋王を中心とする皇親と藤原の連携が始まろうとしましたが、僅か一日で壊れました。藤原宮子のわがままから、帝は面目を失い、長屋王と藤原は対立し、痼が双方に深く沈潜しました」

「遂に五年後の天平元年（七二九）長屋王の変となった。旅人殿とわしは太宰府に流されていたが、その間、そなたは名歌を次々と詠んだ……」

「職務上、神亀元年（七二四）の紀伊行幸、翌二年の吉野行幸、さらに三年の播磨印南野に随行し、土地讃の歌を作って参りました」

「紀伊では若の浦の歌が素晴らしい。ここで唱ってくれ」

憶良の求めに応じて、赤人は背筋を伸ばした。


若の浦に潮満ち来れば潟を無み葦邊をさして鶴鳴き渡る

（山部赤人　万葉集　巻六・九一九）

「海辺の風景を、淡々と清潔に、かつ雄大に描写している。歌の調べも流動的で若々しい」

「すらすらと流れ出た歌でした」

「感受性が強いそなたに、気力が溢れていたのであろう。叙景歌は創るものではなく、感じるものよ。この歌で、そなたの宮廷歌人としての地歩は固まったな。翌年五月の吉野でも、深山の名歌を詠んだのう」

「恐れ入ります。山の霊気を感じました」

赤人は朗々と詠み、憶良は聞き惚れていた。


み吉野の象(きさ)山の際(ま)の木末(こぬれ)にはここだも騒ぐ鳥の聲かも

（山部赤人　万葉集　巻六・九二四）


「吉野の深山象山で自由闊達(かったつ)に鳴く鳥たちの歌声が彷彿(ほうふつ)とする。鳥たちが羨ましいのう」

「吉野の山は緑深く、心が洗われまする」

「その通りじゃ。聖地よ。もっともっと聴きたいが時がない。今夜のような漆黒の闇の河原で、可憐に鳴く千鳥の歌で、歌談は終わりにしよう」


ぬばたまの夜(よ)のふけぬれば久木(ひさぎ)おふる清き河原に千鳥しば鳴く

（山部赤人　万葉集　巻六・九二五）


「ぬばたまの夜の闇と、久木赤芽柏の、心の中での色彩感覚の対比が面白い。吉野の清流、千鳥、一句一句に隙がない。叙景歌の名歌といえる。わしには到底詠めぬぞ」

「恐縮でございます」

「そなたは天才だ。人麻呂殿に劣らぬぞ」

「とんでもございませぬ。まだまだ未熟者です」

「謙遜は無用じゃ。これらの名歌を詠み、帝や貴人諸卿に可愛がられ、また虫麻呂など歌人仲間から貴重な情報を入手してもらった。首領としてあらためて感謝するぞ」

虫麻呂……高橋虫麻呂は藤原宇合お抱えの歌人であり、側用人であった。赤人とは、富士や、東国の美女伝説を題材に、歌を競作する良き友であった。赤人が候とは知らない。

「恐れ入ります」

「今後も歌道に精進せよ。しかし、吾ら山辺衆には、大伴家と組んで『万葉歌林』を世に出す大事業がある。大伴家の安泰と家持殿兄弟の警固は、権と助に当たらせる。そなたは時期を見て宮仕えを退き、佐保の館で家持殿の歌道指導と、歌草の蒐集、歌稿の増補改訂、詞書や左注などの裏方作業に専念せよ。吾の代役は赤人しかいないぞ」

「承知しました。必ず……」

憶良は赤人の短い応答に満足していた。

「では、もう一つの課題に入ろう」

(六) 密命

「砆、小机の上の薬包を取ってくれ」

薬包には「生命丸」と書かれている。

「首領(おかしら)、もしや?」

「そうだ。醍冥丸だ。洒落で生命丸と書いた」

山辺衆候必携の秘薬である。激痛を和らげ、覚醒し、昂揚する。正気が二刻(一時間)戻るが、薬効が切れた時は、静かに冥土へ行く。候として戦い、致命傷を負ったとき、捕らえられ拷問にかけられるとき、あるいは憶良のように激痛を伴う難病で、再起の自信なく死にむかうとき、秘かに口にする。その秘薬を憶良は飲んだ。

「首領!」

赤人が腹の底から絞ったような声を出した。

「砆、落ち着け。覚悟の上よ」

憶良の激痛は消え、再び柔和な老爺の顔になっていた。

「ところで話は変わるが、そなたは故太政大臣の屋敷へ忍び入ったらしいな」

「お耳に達しておりますか。実は――藤原の貴族館(やかた)の構造を知りたい――と思いまして……」

故太政大臣は藤原四兄弟の父、不比等である。薨去して十年ほど経ており、今は空き家になっていた。

（そうか、硃は、長屋王の浪士たちの復讐を援けるために、あらゆる可能性を探っているか）

「何か得たか？」

「荒れた山池を観て、一首詠みました」

（赤人め、うまく吾が問いをはぐらかしたな……いい候になったわ……）

いにしへのふるき堤は年深み池のなぎさに水草生ひにけり

（山部赤人　万葉集　巻三・三七八）

「一時は見事な人工の庭園も、年を経れば荒廃する。いずれ四兄弟も同じ運命を辿るか」

憶良は続けた。長屋王の庭を回想した。

「硃、長屋王の歌宴は楽しかったのう」

「はい」

「親王の万斛の怨みをはらさんとする、浪々苦境の遺臣たちを、そなたの身許が露見しないように気を付けながら、陰から支えよ。彼らが目的を果たすまで、これまで通り、協力支援を続けよ。山辺衆の知恵と技と情報を、惜しみなく与えよ。だが、そなたは決して手を下してはならぬぞ。遺臣にとっては巨大な勢力との苛酷な戦いだ。これはその元手の一部だ。適宜使え。足りずば遠慮なく権に申し出よ」

　憶良は寝床の中から、ずしりと重い革袋を渡した。砂金が入っていた。

「心得ました。親王ご一家の御霊（みたま）を必ずや、鎮めまする」

「くれぐれも頼んだぞ。なお付言する。そなたが協力の許可を求めてきたときに申したが、わしがそなたに、遺臣たちの報復の手助けを許したのは、吾らがお世話になった親王の鎮魂のためだけではない。このような不法な誣告（ぶこく）事件で、悪が正義になると、今後の日本の道義に関わるからだ。大悪を正すためには、使いたくはないが、山辺衆の知恵と情報を使わねばならぬ。日本国の後世のための大粛清と考えよ」

（首領も繰り返すように老けられたか……）

「遺臣たちの報復は私憤だ。しかし、吾らの報復は公憤ぞ。赤人、いや硃、肩の重荷を解いて、吾の代わりに、悪者に立ち向かうがよい」

「相分かりました」

「少し白湯（さゆ）をくれ」

　憶良は一息入れた。

「硃、そなたの情報を基に作成した、吾が手控えだ。相違ないか目を入れ参考にせよ」

　と、小机の上の書類を渡した。

　長屋親王誣告事件　関与者一覧（官位は当時）

一　誣告の計画者

策定者　佐京大夫　正四位上　藤原麻呂
誣告人　左京人　従七位下　漆部造君足
同　同　無位　中臣宮処連東人

二　親王邸包囲者

指揮官　式部卿　従三位　藤原宇合
隊長　衛門佐　従五位下　佐味虫麻呂
同　左衛士佐　外従五位下　津嶋家道
同　右衛士佐　外従五位下　紀佐比物

三　代償恩恵受益者

権参議昇叙　中務卿　正四位上　多治比縣守（兄池守転向の代理褒賞と詔勅黙認）
同　左大弁　正四位上　石川石足（長屋王に賜死宣告使者の褒賞）誅
同　弾正尹　従四位下　大伴道足（弾正台無視の代償）

四　訊問団

糾問者　知太政官事一品　舎人親王
同　大将軍　一品　新田部親王
同　大納言　従二位　多治比池守　誅
同　中納言　正三位　藤原武智麻呂

同　右中弁　正五位下　小野牛養
同　少納言　外従五位下　巨勢宿奈麻呂

五　勅使
自尽宣告　権参議　正四位上　石川石足　誅
鈴鹿王無罪宣告　同　同　同

六　間諜　大宰少貳　従五位下　小野老（大宰帥大伴旅人挙兵牽制・情報蒐集）

七　関与不詳　中衛府大将正三位　藤原房前（疎外されたか、阻止せざる不作為か）

天誅下りし者には誅と記す

「どうじゃ。遺臣たちの報復対象者と……」

「殆ど相違ございませぬ。ただ一カ所、包囲の隊長三名は、何も知らされずに、宇合の命ずるままに動いた――と、判明したので、遺臣は天誅の対象から外しております」

「なるほど、もっともだ。三名は消してくれ。房前卿は一切表面に出ていない。一見謀議の外に在る。事件後もこれまで一切昇叙がない。しかし、中衛府の大将であるから、麾下の兵を、担務外の宇合が指揮する勅の直前に、了解の取り付けがあっただろう。房前卿は、長屋王と親交があったので、武智麻呂らは計画を相談せず、聖武帝の勅で、有無を言わせず押し切ったであろう。最後まで拒否の姿勢を貫いたので、昇叙はない。あるいは拒否されているのだろう。……しかし、遺臣たちの報復の対象から除外されることはあるまい。……房前卿とそれがしは交誼が深い。先日も、秘かに『万葉歌林』のために多額の金子を頂戴した……まことに惜しい人材だが……こればかりはいかんともなしがたい」

「仰せの通りでございます」

二人は微かに首を横に振っていた。

「砩、くどいが再度申す。適当な時期に宮仕えを辞めよ。吾が歌稿の推敲と、更なる蒐集を頼む。華やかな宮仕えから身を引かせるのは忍び難いが……『万葉歌林』は帝から民衆まで含む喜怒哀楽の結集だ。その捨て石、いや黒子になってくれ」

「命に懸けて……」

「砩、いや歌人赤人よ。形見にこれを与える」

憶良は首にかけていた勾玉(まがたま)を渡した。平素は衣服に隠れて誰も見ていない。

「首領、これは見事な翡翠(ひすい)の玉ではござりませぬか。それがしごときが身に付ける物ではございませぬ」

「いや。よい。受け取ってくれ。母方の祖父から貰った玉だ。滅亡したが由緒ある百済王家の宝物であった——と、聞いた。文芸に秀でた者が持つ宝らしい。吾が子、船主にはその才はない。そなたは吾に勝る歌人ぞ。山辺衆の首領、憶良が部下に与えるささやかな礼だ。皆の賛同を得て、権は新しい首領に、助は代行に就く。遠慮はいらぬ。そなたの後はそなたが見込んだ文人に与えれば、この勾玉は永遠に生きる」

「心得ました。生涯身に付け、首領を偲びます」

「赤人、耳を近こう寄せよ。最期の遺言じゃ。天誅成就後にそちと遺臣がなすべきことだ」

憶良は赤人の耳に何か囁いた。赤人は大きく頷くと、一覧表と玉を持ち、闇に消えた。

憶良は立ち上がり、縁側に出た。夜空を見上げ、叫んだ。

「旅人殿、家持殿のこと安堵なされ！　粟田の大殿、長屋親王、ありがとうございました！」

薬が切れた。崩れるように倒れた。

深更、佐保から帰宅した権は、父とも慕う憶良を抱き、深く合掌した。

第十三帖　天誅

天網恢恢疎而不失（老子　第七十三章）
盛者必衰（仁王教）　因果応報（仏教語）　衆生済度（仏教語）

（一）強請

誣告事件から五年が経過した天平六年（七三四）正月。大昇叙があった。

正三位　藤原武智麻呂　従二位
従三位　多治比縣守　正三位
従三位　藤原宇合　正三位
正五位下　小野老　従四位下

さらに大抜擢というか、お手盛り人事があった。

従二位　大納言　藤原武智麻呂　為右大臣

六年間空席だった右大臣に就任した武智麻呂は、得意の絶頂にあった。

長屋王と親密だった次弟、房前は、中納言より低い参議のままであった。

猿沢の池を見下ろす藤原武智麻呂の豪華な館に、宇合と麻呂が内輪の酒宴に来ていた。

「兄上、右大臣昇進おめでとうございます。ところで、長屋王に続き、双玉の旅人、憶良はあっけなく病であの世へ逝きましたな。旅人が筑紫の防人を率いて、京師(みやこ)へ攻め上りはせぬか——と一時は議論したが、杞憂(きゆう)でしたな」

「大伴では分家ながら、道足を参議・右大弁の要職に昇進させた。氏上の家持は未成年で無位無官だ。何も心配することはない」

房前を除く三人は、美味い酒を飲んでいた。そこへ、館の用人の手を振り払うように、酔客が現れた。漆部造君足(ぬりべのみやつこきみたり)であった。

(嫌な奴が来たな……)三人は期せずして同時に酒杯を置いた。

「お揃いでご昇叙の祝い酒でございますな、右大臣殿。さぞかし旨い酒でございましょう。それがしにもお流れを一献……」

といいながら、よろよろと座った。明らかに泥酔している。

「君足、事前に連絡なく参上するとは無礼ぞ」

「おやおや、無礼ですか、麻呂様。わしも仲間ではござんせんか……あの件では」

あの件——三人が、時とともに忘れたい「長屋王誣告事件」である。

「お前は、約束通り、外従五位下の貴族に大昇進させたではないか。まだ不足か？」

当時左京の長官だった麻呂は、兄武智麻呂の手前、誣告人を引き受けさせた君足の闖入(ちんにゅう)に、困惑し、激怒していた。君足は札付きの不良官人であった。平然としていた。

「麻呂様、それは当然のお約束でございました。しかし、吾が仲間は、『従七位下の官人だったおめえと、無位無冠だった中臣東人が、同じ位(くらい)じゃ、おかしいぞ』と申すので……」

「何が欲しいのじゃ、これ以上の位は出せぬ」

「では……ばらし……」

黙って聞いていた宇合が、苦々しげに、

「麻呂、金で片付けろ」

「さすがは宇合殿、話が早い……」

ずしりと重い砂金の包みを懐に、君足はいい気分で、猿沢の池の畔(ほとり)を、下っていた。

突然、数名の黒装束が現れた。君足を羽交絞(はがいじ)めし、口を塞いだ。当て身を食らわせた。

君足は気を失った。薄氷の張る猿沢の池に放り込まれた。一味は、武智麻呂の館に消えた。

翌日、池に溺死体が浮かんでいた。呆気ない悪(わる)の死であった。

（二）失脚

半年後の秋七月。聖武帝は全国各地から力士を集め、相撲の試合を楽しんだ。

その夜、御所の南苑に宴席が設営され、帝は文人を集めて七夕の詩宴を開催した。

正月に従二位・右大臣に栄進した武智麻呂は、得意の漢詩を披露し、満面の笑みを浮かべていた。

次々と漢詩の朗詠があった。宮廷歌人たちが、和歌を披露する場はない。

（時代の流れが大きく変わったな。……）手持無沙汰の歌人たちは、隅の方にたむろし、作り笑いをして、詩吟に拍手を送っていた。酒と雑談に憂さを晴らしていた。赤人は、この歌人仲間との雑談で、皇族や公家の様々な情報を入手し、遺臣に流した。


翌天平七年（七三五）秋。右大弁・正四位下・参議に昇進していた道足（みちたり）が標的になった。

美作国（みまさか）（岡山県北部）の国守、従五位下の阿倍帯麻呂（おびまろ）が、さしたる理由もなく領民四名を斬殺した。被害者の家族たちが「あまりにも不当だ」と、京師へ上り、訴え出た。だが右大弁の大伴道足は、美作守をかばい、訴訟を放置していた。家族は泣き寝入りしていた。

九月になって、道足の非を告発する匿名の書状が、多数の貴族に送り付けられた。

国守の刑事事件を、中央官庁の担当長官である道足はじめ、中弁、少弁、大史、少史ら六名が握り潰した――と知った高官たちは、右大臣の武智麻呂に知らせた。

武智麻呂は大伴道足と下僚たちを処罰せざるを得なくなった。この旨を帝に経伺（けいし）した。

聖武帝は、荒立てたくなかった。

「道足が事件を放置したのは悪い。だが道足には例の件では協力してもらった。赦してやれ」

道足は解任を免れた。だが、権威と面目を失った。朝堂の群臣の視線は冷ややかであった。大伴氏族を代表する参議を、後日、交代せざるを得なくなった。道足の政治生命は絶たれた。

（三）両親王薨去

同じ九月。新田部親王が突如薨去された。

その日、親王は野遊びに興じていた。快晴無風。親王は取り巻きの貴族たちと、酒や食事を楽しみ、談笑していた。女たちは野の花を摘んでいた。そこへ突然、暴れ馬が三頭走り込んできた。宴は大混乱となった。女人たちが悲鳴を上げると、馬はますます猛（たけ）り立った。慌てた家臣たちはさっと散った。親王は逃げ惑った。

農夫らしき数名がそれぞれ馬を追っていた。一頭の暴れ馬が親王の方へ向かっていた。突如、親王が倒れた。暴れ馬が去った。遠くへ逃げていた家臣たちが駆けつけてきた。

親王は蜂の大群に襲われていた。毒針を持つ大雀蜂であった。親王の足元には直径二尺もあろうか、巨大な蜂の巣が転がっていた。獰猛な蜂である。とても近づける状況ではない。

家臣たちは襲い掛かる蜂を振り払うのに必死であった。誰かが、「煙で追い払え！」と叫んだ。やっと蜂の群れを追い払った時には、親王は絶命していた。
暴れ馬も、農夫姿の者たちも消えていた。遠く離れた森蔭で、長屋王の旧臣たちが、野良着を脱ぎ捨て埋めていた。旧臣たちは武道に長（た）けている。馬を意のまま走らせるのは手慣れていた。馬は鞭を当てられ消えていた。

赤人は、仲間の歌人から、親王の野遊びの場所と日時を知り、浪士に知らせていた。

九月壬午（みずのえうま）　一品新田部親王（ぽんにいたべのみこ）　薨（こう）――とだけ公表された。

聖武天皇は、舎人親王を名代として詔を発し、弔問に派遣した。

舎人親王は、年下の異母弟、新田部親王を格別に可愛がり、引き立てていた。父は同じ天武天皇である。皇位を望まず、持統皇后に抹殺されぬように細心の気を遣って、持統系皇子を支える皇親として、生き延びてきた。異母弟の新田部親王と協力して、政事の中枢に、席だけを維持してきた。それだけに、落胆は大きかった。

二カ月後の十一月。その舎人親王も突如薨去した。病ではない。

舎人親王は有名な食道楽であった。とりわけ茸（きのこ）には目がなかった。秋から冬にかけては、領地から山鳥や猪などとともに、茸もたくさん届けられる。しかし茸には紛らわしい毒茸がある。松しめじ、藪しめじ、卵天狗だけなどは素人には見分けがつきにくい。

赤人は宮廷歌人仲間から舎人親王の好みの珍種の茸を聞いていた。長屋王の旧臣たちの要望を受け、彼らを奥山に連れていき、実際にその茸と類似の毒茸を分別して教えた。

数日後、舎人親王は夕食に茸料理を堪能した。突然眩暈に襲われ、嘔吐し、激しい下痢を起こし、昏睡し、薨去した。領民が間違って毒茸を採取し献上したのか、あるいは、親王邸の大膳部の中で、食材に混入されたのか、分からなかった。

朝廷は、十一月乙丑　知太政官事一品　舎人親王　薨――と公表した。

聖武天皇は鈴鹿王を葬儀の責任者として任命し、太政大臣並みの葬儀をさせた。中納言の多治比縣守を派遣し、太政大臣を追贈した。

聖武天皇は衝撃を受けていた。大将軍の新田部親王が、五十五歳の若さで急逝した。その僅か二カ月後に、知太政官事の舎人親王を、享年六十歳の働き盛りで失ったからである。

巷では「長屋王の怨念ではないか」との噂が流れていた。流したのは遺臣たちであった。

聖武天皇と光明皇后が、長屋王の異母弟の鈴鹿王に殯の祭祀を命じたのは、鎮魂の対策であった。天皇の名代として弔問に出向いた多治比縣守は、往路でも帰路でも、自分が何者かに見詰められている気がしていた。生まれて初めて怖れと寒気を感じた。

縣守は事件の謀計には加わっていない。だが中務卿として異例の詔勅を黙認した責任があった。

（兄の池守は長屋王の訊問団にいた。その功労褒賞は弟の自分が受けた。そして今は中納言として藤原政事に組み込まれている。王の無念の怨念は、当然、自分にも向けられよう。……それとも自害に追い込んだ秩父の羊太夫の関係者か？）

舎人親王邸の周辺。住民に紛れて遺臣や東国の防人くずれたちが眺めていたのを、縣守が知る由もなかった。

（四）吉野讃歌

明けて天平八年（七三六）夏六月。聖武天皇は吉野行幸を決めた。宮廷歌人の赤人は従駕して、吉野を讃える歌を詠まねばならない。赤人は心中深く決意していた。

（ここ吉野は、長屋親王のご祖父、天武天皇、当時は大海人皇子が、壬申の乱で旗挙げの聖地だ。後世に残る歌を詠むべし。その吉野讃歌をもって、首領の密命通り宮仕えを辞める。鬼人となって、親王様ご一家の無念を晴らす。帝と皇后に猛省を促し、政事を正す）

大きく息を吸った。吉野の精気、霊気を腹中に収め、ゆっくりと吐き、一気に詠んだ。

やすみしし　わが大君の　見し給ふ　芳野の宮は　山高み　雲ぞたなびく　河はや
み　瀬の音ぞ清き　神さびて　見れば貴く　宜しなへ　見れば清けし　この山の
尽きばのみこそ　この河の　絶えばのみこそ　ももしきの　大宮所　止む時もあらめ
（山部赤人　万葉集　巻六・一〇〇五）

神代より芳野の宮にあり通ひ高知らせるは山河を詠み
（山部赤人　万葉集　巻六・一〇〇六）

（これだけ讃美すれば、最後の歌として十分だ）赤人は行幸から帰ると辞表を提出した。

赤人が宮廷を去って半年後の十一月に、王族の臣籍降下があった。降下を申請し許可になったのは、従三位左大弁葛城王と弟の従四位上の佐為王であった。葛城王は、亡母三千代が元明天皇から賜った橘宿禰姓の使用を認められ、橘宿禰諸兄と名乗った。

師走もあと三日と押し迫った暮の深更。佐保の大伴館に、新しく氏上になった家持を中心に、叔母の坂上郎女、庭師頭の権、配下の助、硃こと赤人の五名が揃っていた。

「長屋親王、新田部親王、舎人親王と薨去が続き、皇親の人材が払底しています。このたび王族から臣籍に降下された橘諸兄卿は、いずれ早い時期に台閣に入るでしょう。卿は口にも顔にも出されていませぬが、ご生母三千代殿を藤原不比等に強奪された少年の時から、内心では藤原に深い嫌悪感をお持ちです。先代の首領からも『家持殿を、葛城王――今の諸兄卿に結びつけよ』と、命じられておりますので、私が責任を持って途をつけます」

宮廷歌人として名声を馳せた赤人の提案である。四人に異存はなかった。

橘諸兄は、後に正一位左大臣として活躍し、歌人として家持を寵愛。憶良の念願であった『万葉歌林』の増補改訂を後援することになる。憶良に先見の明があった。

（五）天網恢恢

翌天平九年（七三七）春。那大津の甚から、山辺衆の新首領権に、急な情報が入った。

――図句枝耳図卯素羽侘衣陂菟勢己　甚――

「何と！　筑紫に疱瘡――天然痘――大発生だと」

厳重に封をした陶器の小瓶が数個届けられた。添え書きが付いていた。

――弱者の武器。砆の役に立てば幸甚と思料。但し取り扱いは厳重注意。素手（すで）は危険禁止。

多治比池守と石川石足の薨去、大伴道足の失脚までは、藤原兄弟は格別気にしていなかった。しかし、新田部親王、舎人親王の不審死と流言に、「もしや、報復ではないか?」と、警護を強化していた。

遺臣たちは、攻め手に苦慮していた。

権は砆を呼び、手渡した。

「砆、甚が苦労して入手した疫病の菌ぞ。長屋親王の旧臣たちが使うかどうか知らぬが、渡すがよかろう。これから疱瘡が西から東へ伝搬することは必定ぞ。そなたの友や配下の者たちには、今から衛生に注意するよう指導しておくがよい。首尾を祈るぞ」

権の指図は、亡き憶良に似ていた。赤人は、いつもの柔和な微笑で権に一礼した。

四月十七日、参議民部卿で正三位の藤原房前が薨去した。病名は疱瘡であった。

聖武天皇は、遺族に使いを出した。

「房前を大臣並みの葬儀で手厚く弔いたい」

ところが房前の遺族は、帝の申し出でを固く辞退した。

――父房前は、皇親長屋親王と藤原一族の協調政治を確立すべしと主張してきた。しかし、光明皇后と藤原一族、特に総本家の伯父武智麻呂殿や、宇合叔父、麻呂叔父は、父の進言を無視されてきた。それだけではまだしも、あろうことか、親王を誣告で謀殺した。吉備内親王や膳夫王などご一家を、無惨にもご自害させた詔を下した朝廷の弔問など不要である。藤原と皇親の方々の板挟みにあって苦労した父を、朝廷は万年参議に留め置いて、何をいまさら大臣葬か。よく言うよ――

房前の三男、八束――後に家持と親友になる真楯の反骨精神は強烈であった。

(父房前は誣告の謀議には加わっていない。初めから外されていた。しかし、中将府の大将であった。長屋親王のご血統の殲滅には、旧臣たちだけでなく、天も、民も憤怒していよう。父の痘瘡と死は、あの無茶な謀議や、悲劇の実行を阻止しえなかった天罰か？……あるいは……遺臣の報復か？　不分明ではあるが……黙って受容しよう)

葬儀は一家だけで質素に行われた。

(さすがは房前卿のご遺族だ。八束殿だ。先代の首領が士と見込んだ男だけある)

歌人赤人は、房前や八束と旧知であり、二人が憶良を尊敬していたことも熟知していた。

(惜しい方だが、大義の為にはやむを得ない。遺臣に「房前卿は外せ」とは言えなかった)

砞は、合掌し冥福を祈った。

六月十一日、筑紫で大宰大弐・従四位下に栄進していた小野老が卒去した。痘瘡であった。

小野老は、大伴旅人が大宰帥の時、大宰少弐――下級次官で着任した。当時、筑前守だった山上憶良と同様に、「万年従五位下」の最下級貴族であった。誰もが、――小野老殿は、このままの官位で宮仕えを終わるであろう——と、見ていた。

ところが、京師でも太宰府でも驚いた。長屋王の変以来、小野老は事件に関与していた藤原一族たちとともに、栄進を重ねていた。

太宰府の官人たちの間では、「武智麻呂卿と宇合卿の犬」とか「睾丸握り」と、蔑称されていた。

旅人が没した後の大宰帥は、藤原武智麻呂、次いで弟の宇合が、在京のまま兼務していた。

——旅人殿の大宰府赴任は、やはり長屋王の変を起こすための布石の左遷だった——

今は官人も民も、はっきりと認識していた。

武智麻呂や宇合は、藤原の候である小野老を大貳——上席次官にするため、破格の昇格人事を行っていた。天平五年には正五位下、六年には従四位下と、筑紫にいた十年間に、実に四階級の昇叙であった。実質的には西国九カ国を統治する長官の代役である大貳まで上り詰めていた。その老も疫病に敗れ、京師へ晴れの凱旋をすることなく長逝した。


京師で台閣の薨去が公表された。

六月丙寅　中納言正三位　多治比真人縣守　薨去
疱瘡であった。

(縣守卿には罪はない。道連れになられたのはお気の毒としか申しようがない……)

殊は複雑な心境だった。旅人の側妻で家持の産みの母、多治比郎女は縣守の女である。京師では一時期、旅人、縣守、憶良の三者が、公私にわたり親しい交りを持っていたことを知っている。

（縣守卿は、武智麻呂らといつも同時昇叙をしていた。兄上池守卿の代理恩賞だった――といっても、浪々苦労の遺臣たちには「許しがたい。中務卿の奴も藤原の一味よ」と酷評されていた。秩父の羊大夫一家を自害させた過去もある。……吾は傍観するほかない。漆部君足、石川石足、多治比池守、大伴道足、新田部親王、舎人親王、藤原房前、小野老、多治比縣守……もう九人も消されたか……）

誅は合掌をして、一覧表に朱を入れた。

翌七月十三日、参議、兵部卿、従三位の要職に昇進していた藤原麻呂が薨去した。四十三歳の若さであった。

「何故？　どうして吾がこの疫病に罹ったのか？　それがしは痘瘡の病人などに触れたこともなければ、近づいたこともないわ！」

と、喚いた――と赤人は人伝に聞いた。

（この十年間、長屋親王の忠臣たちの子女が、身分を隠して、公卿の館の下男下女、とりわけ最も卑しい厠の掃除人や、賄の洗い人などで、報復の機を狙っていたことまでは、察知されていないな。罹病はいかんとも防ぎようがない……これで十人か）

佐保の里、大伴館では坂上郎女が、麻呂の病死の報を冷ややかに聞き捨てた。

「麻呂は常々『父は不比等、母は天武帝の妃であった五百重娘』と血統自慢をしていた色男。昔の夫とはいえ、わらわを捨て、親王ご一家を誣告で抹殺した非情な獣よ。いい気味だわ」

と、庭の池端で権に語った。

麻呂薨去から十日ほどしか経っていないのに、宮廷に激震の報せが入った。

七月二十五日、右大臣、従二位の藤原武智麻呂が重篤の状態に陥った。

聖武帝と光明皇后は、武智麻呂の重病に大きな衝撃を受けていた。同じ藤原の血族である。

一族の統帥であり、二人を支えてきた恩人であった。

帝は、左大弁の橘諸兄(たちばなのもろえ)と、右大弁の紀男人——前大宰大貳で旅人に仕えていた——を勅使として見舞いに差し向け、危篤の武智麻呂に正一位、左大臣を授与した。

昇叙したとて病が癒えるわけではない。

——武智麻呂は、長屋王の反対を押し切って、吾ら二人の即位と立后を実現してくれた。将来の皇位継承の最大の政敵、長屋王の王子ら一家を地上から消してくれた……生存中に昇進させ、感謝の気持ちを伝えたい——

との昇叙の詔の事由を聞き、武智麻呂は大きく頷き、絶命した。

藤原四兄弟で一人残った三男の宇合(うまかい)は、動顛(どうてん)していた。

(兄弟三人とも、疫病患者には接していない。むしろ外出を避け、大衆の病人どもから離れて、奥深い邸内で暮らしていたのに、なぜか?)

知将宇合はふっと思い当たった。

(長屋王の祟りか? 自害の使者石足(いわたり)、訊問団の池守卿に続き、新田部親王、舎人親王の連続事故死。

今年は春先から兄房前、筑紫の小野老、この京師の縣守、弟の麻呂、長兄武智麻呂と接踵している。……誣告事件に関与した者や恩恵を受けた者が、次々と不審な死に様だ。もしや報復か？　それなら次は、長屋邸包囲の指揮を執ったそれがしの番か？）

宇合が懸念した通り、翌八月、罹病した。僅か五日後に薨去した。参議、式部卿兼大宰帥の呆気ない終焉であった。

船長の甚から権に、権から砕に、砕から遺臣に手渡され、空になった小瓶が、宇合の館の奥座敷、手水鉢の陰に埋められていた。家人は誰も気が付いていなかった。

九月に左少弁、巨勢宿奈麻呂が没した。疱瘡であった。宿奈麻呂は、長屋王の変の時には少納言として、訊問の記録を取った。その功績で従五位下の貴族に昇格し、官人の憧れである行政府の中核で、少弁――次官として活躍していた。半年前の春二月には、先輩の諸大夫たちを自宅に招き、得意絶頂であった。

（残るは二人か……）赤人は、一覧表に天誅の朱筆を入れた。

奈良平城京の街中に「長屋王の怨みだ。祟りだ。天罰だ」との声が拡がった。

聖武帝は怯えきっていた。

（四兄弟の後は……朕と皇后か……長屋王を鎮魂せねば……）

帝は巨勢氏族の重鎮、奈氏麻呂を呼んだ。

玄昉の祈祷が効いたのか、疫病は自然に終息した。

聖武帝の身体と声は、恐怖に震えていた。焦っていた。

「僧正に昇格する。疫病平癒を祈祷せよ」

玄昉法師を呼んだ。

「汝を造仏像司の長官とする。至急鎮魂の仏像を作れ」


重苦しい年が明け、天平十年になった。都人が「やれやれ」と一息ついて半年過ぎた。

秋七月、天下を驚かした殺人事件が宮城内の衛府の中で起きた。斬殺されたのは、従五位下の貴族で右兵庫頭の中臣東人であった。十年前、左京大夫——左京長官だった藤原麻呂と組んで、長屋王を密告した男である。当時は無冠、無頼の左京人であったが、褒賞として官位を得、貴族の官人に大出世していた。東人は狡猾だった。同様に破格の褒賞を受けた仲間の漆部君足が、なおも欲に駆られ、藤原の秘密を材料に、藤原兄弟を強請り、逆に殺された事件を肝に銘じていた。

(俺は君足のようなへまはやらないぞ。誣告の謀計は漏らさぬ)

と、藤原兄弟に忠誠を誓い、密約を守ってきた。

ある日、東人は好きな囲碁を楽しんでいた。相手は、所属は異なるが宮廷を守る左兵庫の少属——下士官の大伴子虫であった。

子虫は、氏上の大伴旅人が大宰府へ赴任する際に、長屋王の警備をせよ——と、王家の員数外の家臣に派遣されていた。長屋王の舎人でもなく、王家の家臣でもないので、咎めはなかった。宮廷の衛士として任官していたが、報復を謀る遺臣と連携を深くしていた。

東人が囲碁好きと知り、子虫は囲碁を学び、良き相手となっていた。

東人は恐ろしい藤原三兄弟がもうこの世にいなくなり、ある種の安堵感があった。酒が入り、いつもの相手の子虫に、ついつい油断し、口を滑らせた。

「十年ひと昔というが、俺はなあ子虫、長屋王を誣告（ぶこく）したのよ。左道なんて大嘘さ。藤原麻呂殿の筋書きに従ったのさ。権勢を誇っていた長屋王家は、俺の誣告で一挙に潰れた。王家の一つや二つは、簡単に潰せるのさ。俺はそれで貴族の一人になったのさ」

その言葉が終わった瞬間、子虫が立ち上がり、碁盤を蹴飛ばした。

「やはり藤原と汝の誣告であったか！　吾は王に仕え、頗る（すこぶる）厚遇を受けた。その言葉、汝の口から出るのを、大伴は十年待っていたぞ。覚悟されよ、亡き主（あるじ）旅人殿に代わり、天誅！」

武人子虫は、東人を一刀のもと袈裟（けさ）懸けに切り捨てた。

弾正台も右弁官も大伴子虫を罪に問わなかった。五位の卒は正史には記録されないのが慣習であったが、この事件のみは、続日本紀（しょくにほんぎ）に詳細が残された。

事件の謀略に最初から関与していた光明子夫人、現光明皇后は、表面は穏やかに取り繕っていたが、東人が「誣告であった」と漏らしたことに衝撃を受けていた。「誣告」は「でっちあげの密告」である。密告よりはるかに悪質であり罪は重い。民心の背離を恐れた。

皇后は、皇后宮大夫に出世している側近の小野牛養に、警備を厳重にするように命じた。

東人が斬殺された――との報に牛養も震えあがっていた。訊問の際の長屋王の凄まじい形相を想い出し、亡霊に怯えていた。できるだけ自邸に帰らず警備の厚い皇后宮に詰めていた。

斬殺事件から一年が過ぎた天平十一年十月。従四位下皇后宮大夫の小野牛養が、たまたま帰宅した自邸で卒去した。厠で毒虫に刺された――との噂であった。

十年の間に、候の忍び技を会得した遺臣の一人が、吹き矢の針に鳥兜の毒を塗り、手水鉢の陰から吹いていた。家人が見たのは、その針を抜いた傷跡であった。

鳥兜の毒は、東北の蝦夷が使っていた。長屋王と親交があった――との罪名で、流罪となった上毛野宿奈麻呂は牢の中にいた。当時、憶良の送った慰問の書状に深く感激していた。

砞は流罪地を訪れていた。もともと刑事犯ではない。牢の警戒は緩い。容易に接触できた。上毛野一族から遺臣に、秘かに鳥兜の毒が届けられていた。この毒薬が使われた。

(六) 廻向

砞は、澄み切った霜月の蒼空を仰いで叫んだ。

「首領、天誅は終わりました。ご指示通り、遺臣どもと筑紫へ参ります」

砞は山辺衆の前首領山上憶良の最期の密命の一言一句を想起していた。

――壬申の乱も、長屋王の変も、すべては斉明天皇のお産みになられた中大兄皇子と藤原鎌足の権勢欲に端を発している。落着したら遺臣を連れ、高市皇子、長屋王に所縁ある宗像大社に詣で報告せよ。そのあと太宰府の観世音寺へ行け。堕落している京師の寺より観世音寺で、すべてをお分かりいただいている満誓別当殿に、罪人も含めて全員の供養をお願いせよ。御仏(みほとけ)の前では、善人も悪人もない。遺臣の者どもと、ただただ無心に『南無阿弥陀仏』と唱えるがよい。佐保に帰り、家持殿の館で『万葉歌林』の推敲と増補を頼むぞ――

師走。暮れ近い夜更け。大宰府政庁の東にある観世音寺の本堂に、粗末な衣の男たちが、座っていた。山部赤人、大伴子虫、船長の甚、その背後に遺臣たちがいた。

庫裏から現れた腰の曲った別当の満誓に、一同が深々と頭を下げた。赤人が満誓に挨拶した。

「観世音寺別当満誓殿、亡き主、山上憶良の命により、不肖山部赤人が、長屋親王ご一家の供養および、吾らが天誅を加えた左記の罪人の成仏廻向(じょうぶつえこう)をお願い致したく、旧臣どもども参りました。これが関与者一同の俗名でございます」

と、憶良作成の一覧表を差し出した。硃の赤人が朱筆の注を入れていた。

満誓は黙って受け取り、一人一人の名に目を通し、頷いていた。穏やかな沙弥僧ではなく、元右大弁、刑部省を管轄した武人の厳しい眼(まなこ)であった。静寂の時が流れた。

長屋親王誣告事件　関与者一覧（官位は事件当時）　天平元年二月

一　誣告計画者	職位	官位	氏名	天誅年月	手法
策定者	佐京大夫	正四位上	藤原麻呂	天平九年七月	痘瘡病死
誣告人	左京人	従七位下	漆部造君足	天平六年正月	溺死（自滅）

同　同　無位　中臣宮処連東人　天平十年七月　斬殺死

二　親王邸包囲者

指揮官　式部卿　従三位　藤原宇合　天平九年八月　痘瘡病死

三　代償恩恵受益者

権参議昇叙　中務卿　正四位上　多治比縣守　天平九年六月　痘瘡病死

同　左大弁　正四位上　石川石足　天平元年八月　毒蛇死

同　弾正尹　従四位下　大伴道足　天平七年九月　密告失脚

四　訊問団

糾問者　知太政官事一品　舎人親王　天平七年十一月　茸中毒死

同　大将軍　一品　新田部親王　天平七年九月　毒蜂死

同　大納言　従二位　多治比池守　天平二年九月　鯉中毒死

同　中納言　正三位　藤原武智麻呂　天平九年七月　痘瘡病死

同　右中弁　正五位下　小野牛養　天平十一年十月　毒吹矢死

同　少納言　外従五位下　巨勢宿奈麻呂　天平九年九月　痘瘡病死

五　勅使

自尽宣告　権参議　正四位上　石川石足　前掲

六　間諜　大宰少弐　従五位下　小野老　天平九年六月　痘瘡病死

七　関与不詳　中衛府大将正三位　藤原房前　天平九年四月　痘瘡病死

老僧が顔を上げた。

「赤人、子虫、甚、遺臣の者。十年の長きにわたりご苦労であった。拙僧は長屋王と藤原の協調を願望されていた元明・元正両女帝を深く尊敬していた。両女帝は、鎌足、不比等、武智麻呂と続く藤原の専横が、国家国民の為にならぬと危惧されていた。憶良殿が、この寺で敵味方の区別なく、廻向を求められたことは、至極当然であり、憶良殿を知る拙僧は、この日を予想していた。赤人よ、喜んで引き受け申す。この法要により最も救われるのは、生きているそなたらであろう。般若心経を書写しておいた。各自一枚ずつ持ち、経を知らぬ者も、拙僧に合わせ、心を込めて読経せよ、よいな」

全員が深く頭を下げた。満誓は椅子に座すと、蝋燭を灯し、香を焚いた。

「開経偈　無上甚深微妙法　百千万劫難遭遇　我今見聞得受持　願解如来真実義　魔訶般若波羅蜜多心経　観自在菩薩　行深般若波羅蜜多時　照見五蘊皆空度　一切苦厄舎利子　色不異空空不異色……」

押し殺した渋い地鳴りのような低音の読経が始まった。全員が写経の文字を追っていた。

「……羯諦羯諦波羅羯諦波羅僧羯諦菩提娑婆呵　般若心経　廻向文　願以此功徳　普及於一切　我等與衆生　皆共成佛道……南無阿弥陀仏　南無阿弥陀仏　南無阿弥陀仏……」

満誓は読経を終えると、振り返った。穏やかな老僧の顔であった。

「皆の者、これで全員成仏できた。安心せよ。この機会に、そなたらに吾が歌を進ぜよう」

世間(よのなか)を何に譬(たと)へむ朝びらきこぎ去(い)にし船の跡なきごとし

（沙弥満誓　万葉集　巻三・三五一）

「過去は無きなり。忘れよ。明日よりはそれぞれの道に励むがよい」

法要が終わると、遺臣たちはそれぞれの地へと散った。

赤人は満誓に頼んで剃髪し沙弥閼伽(さみあか)になった。墨染の衣を纏い、旅人が隼人の乱を鎮めた薩摩や大隅を、托鉢しながら訪れた。憶良が国守をしていた筑前の国を回った。甚の船に乗って対馬(つしま)に渡った。金田城(かなたのき)に上り、防人がこの僻地まで来ているのかと驚いた。防人たちの食糧を届けるために、親友の頼みで船を出して遭難した志賀の海人(あま)を悼(いた)んで、憶良が遺族になり代わり歌を詠んでいた。弱者たちを気遣った憶良の気持ちが分かった。

（憶良殿ら遣唐使は、この玄界灘以上の大海原を乗り越えて大唐を往復されたのか……海人部族が水上の安全を海神(わたつみ)に祈る気持ちが分かった……「好去好来の長歌」が真に分かった……防人たちや家族の嘆きの歌の実態を知った……農民の生活の一端が分かった……宮廷歌人で羇旅歌(きりょか)を詠んでいた己(おのれ)は、首領(おかしら)から見れば、甘い男であったろう……）

天平十二年秋、佐保路を急ぐ、日焼けし引き締まった風貌の沙弥がいた。数年前まで宮廷歌人として知られた優雅な山部赤人と気が付く都人(みやこびと)はいなかった。

赤人は、首にかけていた翡翠(ひすい)の勾玉(まがたま)を出して、蒼空の憶良に呼びかけた。

「首領(おかしら)には及ばずとも、この西国の旅の経験を、『万葉歌林』の編集に生かしますぞ……」
彼方に大伴館が見えてきた。

（終）

天皇家系図

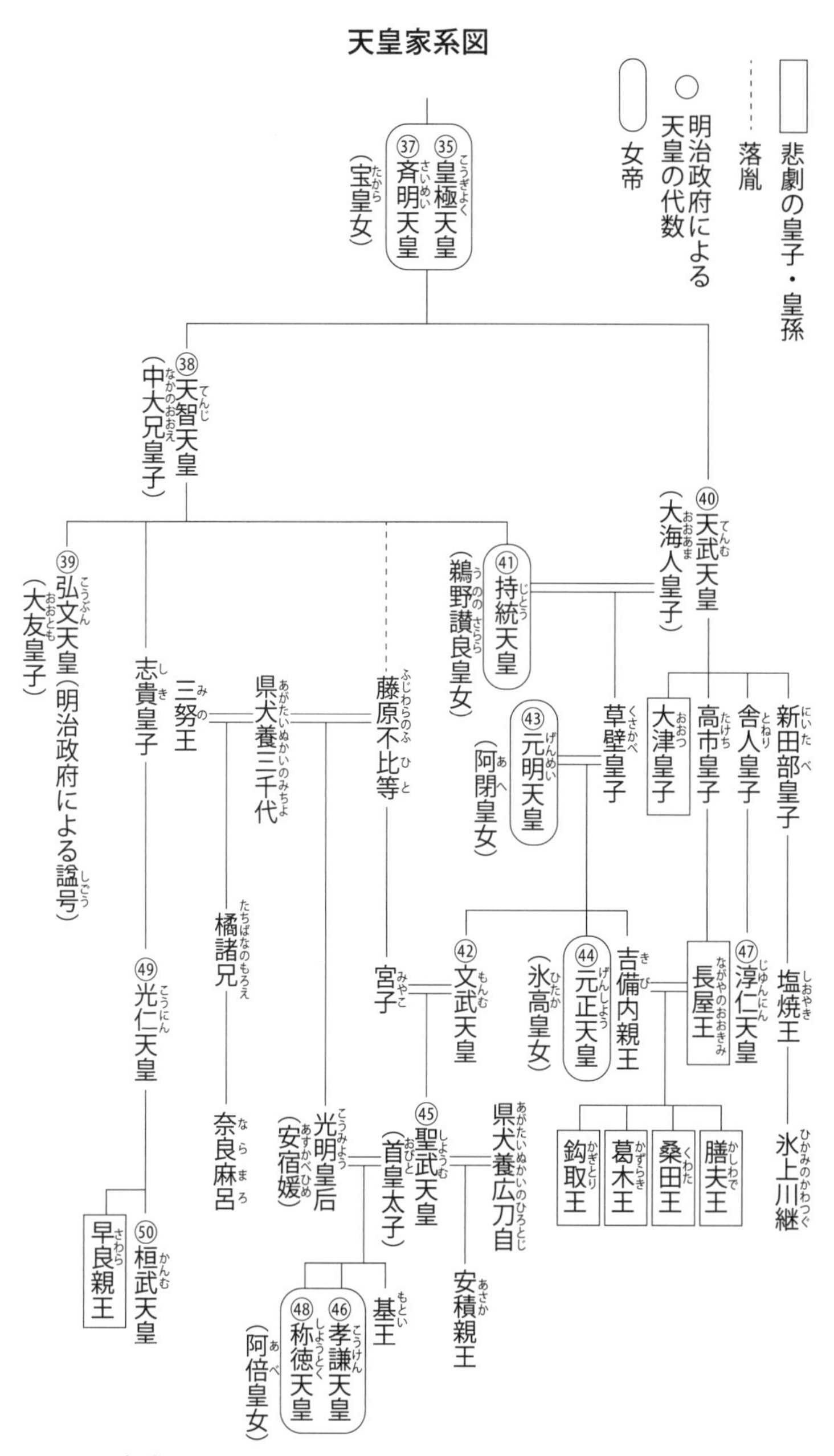

悲劇の皇子・皇孫
落胤
明治政府による天皇の代数
女帝
35 皇極天皇
37 斉明天皇
（宝皇女）
38 天智天皇
（中大兄皇子）
40 天武天皇
（大海人皇子）
39 弘文天皇（明治政府による諡号）
（大友皇子）
志貴皇子
三努王
県犬養三千代
藤原不比等
41 持統天皇
（鸕野讃良皇女）
草壁皇子
大津皇子
高市皇子
舎人皇子
新田部皇子
43 元明天皇
（阿閉皇女）
橘諸兄
宮子
42 文武天皇
44 元正天皇
（氷高皇女）
吉備内親王
長屋王
47 淳仁天皇
塩焼王
49 光仁天皇
奈良麻呂
光明皇后
（安宿媛）
45 聖武天皇
（首皇太子）
県犬養広刀自
鉤取王
葛木王
桑田王
膳夫王
氷上川継
早良親王
50 桓武天皇
48 称徳天皇
46 孝謙天皇
（阿倍皇女）
基王
安積親王

大伴家系図

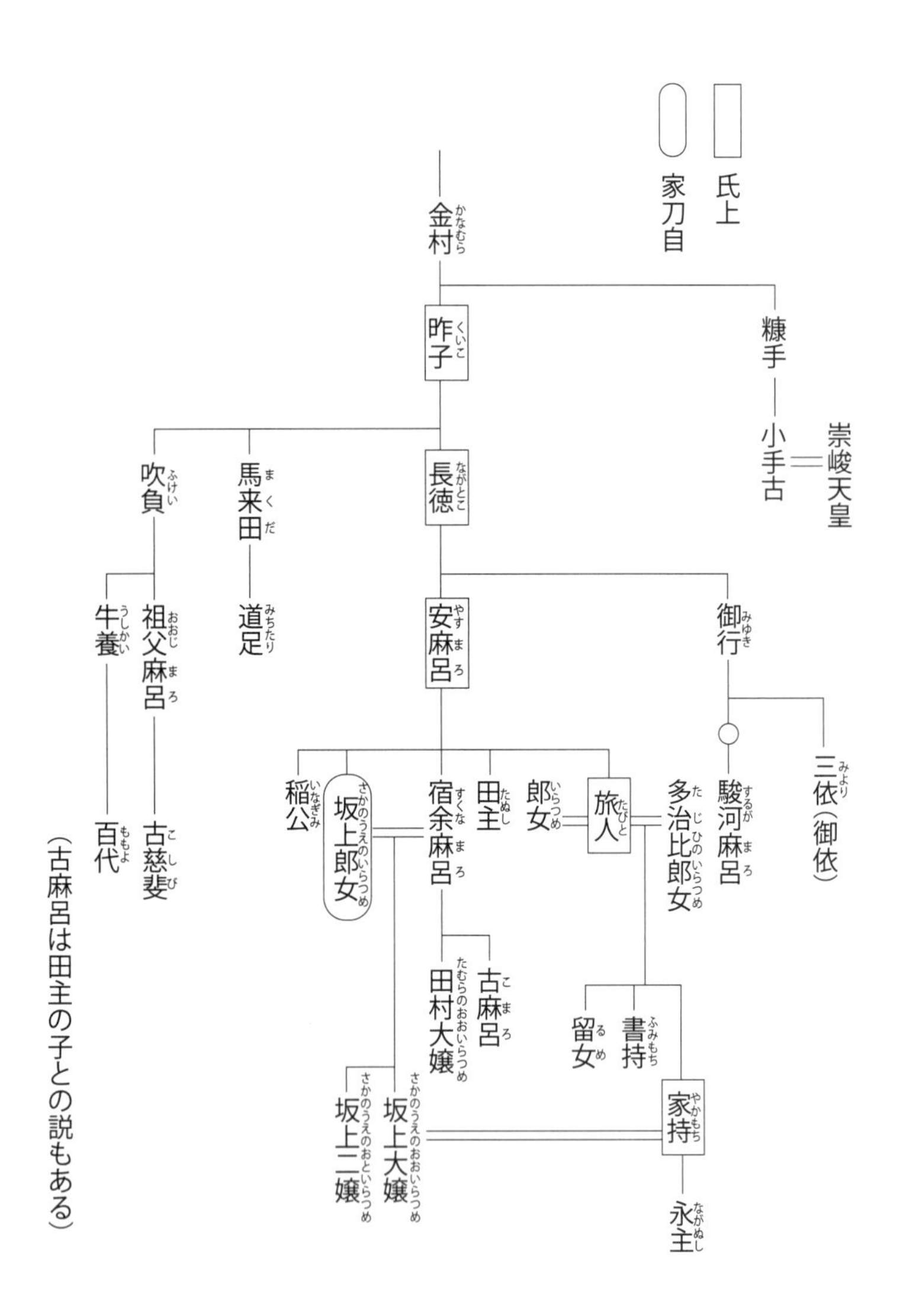

氏上
家刀自
金村
かなむら
昨子
くいこ
糠手
小手古
崇峻天皇
吹負
ふけい
馬来田
まくだ
長徳
ながとこ
牛養
うしかい
祖父麻呂
おおじまろ
道足
みちたり
安麻呂
やすまろ
御行
みゆき
百代
ももよ
古慈斐
こしび
稲公
いなぎみ
坂上郎女
さかのうえのいらつめ
宿奈麻呂
すくなまろ
田主
たぬし
郎女
いらつめ
旅人
たびと
多治比郎女
たじひのいらつめ
駿河麻呂
するがまろ
三依(御依)
みより
田村大嬢
たむらのおおいらつめ
古麻呂
こまろ
留女
るめ
書持
ふみもち
坂上二嬢
さかのうえのおといらつめ
坂上大嬢
さかのうえのおおいらつめ
家持
やかもち
永主
ながぬし
(古麻呂は田主の子との説もある)

藤原家系図（本書関係者のみ）

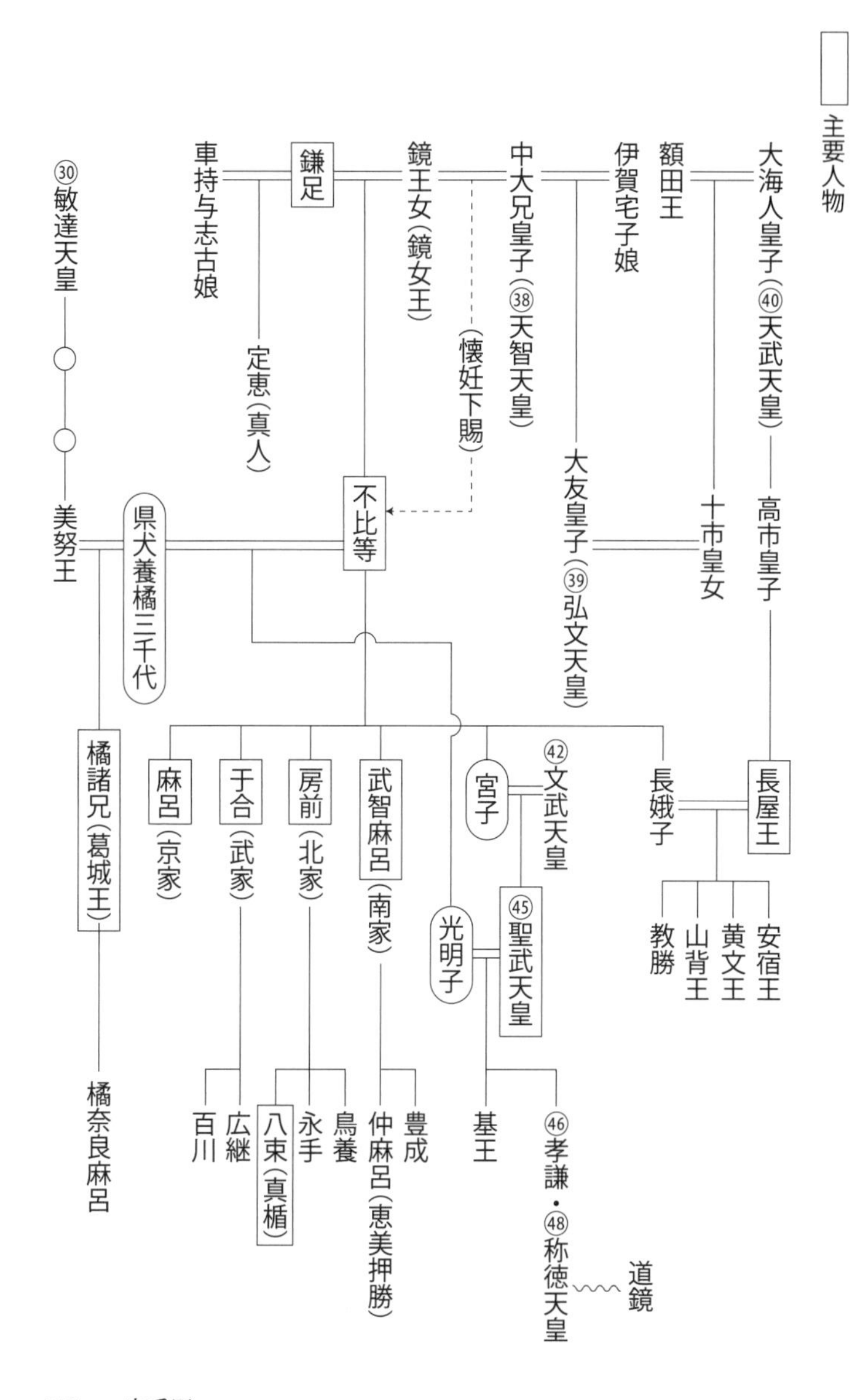

あとがき

私は万葉秀歌の愛唱家や研究学徒ではない。短歌會の歌人でもない。時折新聞歌壇に目を通す程度の短歌愛好者に過ぎない。古代史にも興味を持っているが、公開講座などに通うほどのマニアではない。都銀を定年退職し、ビジネスの世界から引退して、晴耕雨読の日々を送っている「遊翁（ゆうおう）」である。その私が、「万葉集の謎解き」に挑戦している経緯と、本書『令和万葉秘帖　長屋王の変』を、急遽世に出した事情を少し付記したい。

私は昭和四十七年（一九七二）秋から四年半、妻と子供四人を帯同して英国に赴任、ロンドンのシティで働いた。三十七歳で気力体力は充実していた。公私の生活の激変とカルチャー・ショックの所為であろうか、突如短歌が迸り（ほとばしり）出た。内地の新聞歌壇に送ると、度々入選した。機知に富む若手行員から綽名（あだな）をつけられた。すぐさま和歌で応えた。

若きらはロンドン憶良と吾を呼べり子を詠む歌の二・三載れれば
（大杉耕一　朝日歌壇　昭和五十一年三月第一回）

これが選者宮柊二先生に第一作に選ばれ、十年ごと編集される朝日歌壇秀歌選に残る光栄を得た。まさに山上憶良の知名度のお陰である。

帰国して山上憶良に敬意を表すべく、百科事典や関係書籍を調べて驚いた。部下も私も、多分、世間の多くの方々も——山上憶良は子沢山の愛妻家で、貧乏くさい下級官人——と、思い込んでいたようである。実像は真逆であった。

称制天智二年、吾が国は白村江（はくそんこう）（はくすきのえ）で唐に大惨敗した。以後途絶えていた唐との国交を復活するため、約三十年後の大宝元年（七〇一）賢人粟田真人卿率いる遣唐使節団が選抜され、翌年渡唐した。四十過ぎの山上憶良はこの使節団の録事すなわち記録担当の書記官に抜擢されていた。抜群の語学力と実務能力があったのであろう。真人が交渉した相手は則天武后であった。この時「倭」ではなく「日本」と認知させた逸話は有名である。憶良は録事として立会っていたことになる。まさに国際経験豊かなエリート外交官になって帰国した。

いざ子どもはやく日本（やまと）へ大伴（おほとも）の御津（みつ）の濱松待ち戀ひぬらむ

（山上憶良　万葉集　巻一・六三）

高揚した気分で若い水夫（かこ）を督励し帰国の途についた憶良の心境があふれ出ている名歌であると、改めて見直した。時代の差はあれ、異国での苦労を知った者の共感かもしれない。

帰国後従五位下に叙任された。末席とはいえ五位は貴族である。官人としては伯耆守（ほうき）（鳥取県知事）、筑前守（福岡県知事）を務めた。その間に、聖武天皇が首皇太子時代の東宮侍講（家庭教師）に任命されている。名門の出自ではない憶良が抜擢されたのは、碩学であった証である。左大臣は長屋王であった。憶良は聖武天皇や長屋王の七夕の宴で献詠者に指名された歌人であった。さらに万葉集の前に「類聚歌林」七巻を編んでいた。

私は無知を恥じた。同時に様々な疑問が湧いた。

「類聚」という倭では馴染みのない名称や概念を憶良は何処で学んで、歌集に付けたのであろうか。唐に滞在中「芸文類聚」百巻に接して、触発されたのではなかろうか。

貴族で筑前守の老人憶良が、なぜ子供や貧窮の歌を詠んだのであろうか。実像の憶良の目線で、彼の作品だけでなく万葉集そのものを見直した。すると、万葉集二十巻、四千五百余首に、多くの謎があった。

この大歌集を誰が、何のために、いつ、どこで構想し、編集したのであろうか。凡作や類似作も多すぎる。名歌秀歌選でないのはなぜか。家持が編者とするならば、大伴家断絶、財産没収後、歌稿は何処に保管されていたのか。なぜ桓武帝崩御後に上梓されたのか。大歌集なのに序文がないのはなぜか。あったとすれば、どのような内容であったのか。

次々と湧き出る疑問に、自ら解答するため日本書紀や続日本紀を併読した。

まず驚いたことに、憶良の筑前守任命や旅人の大宰帥任命の公示が続日本紀に記載されていなかった。不可思議である。意図的に抹消されたとすれば何故か。二人が太宰府に転勤させられている間に、「長屋王の変」が起こった。

万葉集が上梓されるまでの背景には、壬申の乱以来の天智（中大兄皇子）系と天武（大海人皇子）系の皇統をめぐる争いが、水面下にあった。それは藤原一族と大伴氏族の対立であり、渡来系中央官人と在来系地方中小豪族の抗争でもあった。

万葉の歌とこれらの権勢欲や私欲による抗争の歴史は密接不可分である。万葉の歌と史実を踏まえながら私の夢想による創作を加味した「歴史浪漫文学小説」として、五部の構想を立て執筆中である。

令和万葉秘帖　隠流し

旅人の大宰府左遷から始まる船旅と憶良との邂逅。憶良は「山辺衆という候(忍者)集団の首領」と身を明かし、太宰府の旅人と家持を陰で支える。一方旅人は憶良が「類衆歌林」を発展させた国民歌集「万葉歌林」の資金と歌稿の支援を約す。旅人は憶良に家持の家庭教師を頼んだ。

令和万葉秘帖　まほろばの陰翳

大貴族である大伴氏族の氏上は、政争の渦中から逃げるわけにはいかない。憶良は少年家持に皇統の裏面史を講義する。中大兄皇子が天智即位までのおぞましい殺人の数々、白村江惨敗の詳細、壬申の乱、大津皇子謀殺、人麻呂刑死など。大伴は今をいかに生きるか——憶良は旅人父子に説く。

令和万葉秘帖　長屋王の変（本書）

令和万葉秘帖　落日の光芒

長屋王亡き後の旅人と憶良には京師での活躍の場は望めない。二人は「万葉歌林」を充実すべく、人生や社会や生活を詠む。遊行女婦（うかれめ）児島との水城（みずき）別れの歌は切ない。旅人は難波で高安王と艶やかな恋に燃えた往時を語り合う。一方憶良は貧困疾病、老や死など、宮廷歌人が詠まない歌を作り、「万葉歌林」の充実を図る。二人は光芒を放つごとく絶唱し、燃え尽きた。

いや重（し）け吉事（よごと）

家持は文武に秀でた好青年になり青春を謳歌する。旅人亡き後の藤原の政敵は橘諸兄（たちばなのもろえ）であった。諸兄は家持を庇護した。越中守（富山県知事）となった家持は大いに詠んだ。兵部少輔（軍務次官）の時には防人を庇護した。しかし諸兄の没後は兵部大輔（副長官）から因幡（いなば）守に格下げ左遷された。その正月、賀詞に「いや重け吉事」と詠んで、作歌を断った。以後壮烈な栄転と左遷を繰り返す。一族の反政府言動もあって桓武帝の怒りに触れ、家持の遺骨は掘り起こされて隠岐（おき）の島へ流罪、大伴の官位剥奪、財産没収の極刑となる。膨大な「万葉歌林」の草稿は何処に保管されたのか。誰が密かに守ったのか。

家持没後二十年が経ち、桓武帝の平安京に異変が起こる。病床の帝は、山辺衆に詫び、大伴と家持の名誉を回復、崩御した。憶良、旅人、坂上郎女、家持の夢は、山辺衆の暗躍で、序文放棄と「万葉集」への改題を条件に、遂に実現した。

平成三十一年四月一日「令和」改元が公表された。「令和」の典拠は、万葉集「梅花の宴」の序文と説明され驚いた。本書の第七帖が「梅花の宴」だからである。催主旅人はしんみりと詠んだ。

わが苑(その)に梅の花散るひさかたの天(あめ)より雪の流れ来るかも

（大伴旅人　万葉集　巻五・八二二）

私にとって「令和」改元はまさに「天より運の流れ来る」千載一遇の好機となった。

本来ならば「**隠流し**」から出版すべきところ、郁朋社編集長佐藤聡氏の熱心な勧誘と、友人たちの後押しで、『**令和万葉秘帖　長屋王の変**』と改題して出版することを急遽決意した。

原稿段階でいろいろ助言や協力を頂いた渡部展夫君、小林紀久子さん、茂木馨子さんに心から感謝している。

令和元年は、亥年生まれの私にとって「いや重け吉事」の想い出深い年になった。

令和元年八月

筆者

令和万葉秘帖シリーズ　参考文献一覧

引用文献

万葉の歌は佐々木信綱編「万葉集」を引用しました。そのためルビは旧仮名遣いです。文中に部分使用している時は、新仮名遣いに統一しています。

佐々木信綱編『新訂新訓　万葉集　上巻、下巻』岩波書店
宇治谷孟『日本書紀　全現代語訳（上）（下）』講談社学術文庫
宇治谷孟『続日本紀　全現代語訳（上）（中）（下）』講談社学術文庫

参考文献

斎藤茂吉著『万葉秀歌　上巻　下巻』岩波新書
中西進『万葉の秀歌』ちくま学芸文庫
佐々木信綱編『新訂新訓　万葉集　上巻、下巻』岩波書店
折口信夫『口訳万葉集（上）（中）（下）』岩波現代文庫
犬養孝『万葉の人びと』新潮文庫

北山茂夫著『万葉群像』岩波新書
森浩『万葉集に歴史を読む』ちくま学芸文庫
小林恵子『本当は怖ろしい万葉集』祥伝社黄金文庫
山本健吉『万葉の歌』淡交社
篠﨑紘一『言霊』角川書店
崎山祐宏『山の辺の道　文学散歩』綜文館
季刊明日香風1『万葉のロマンと歴史の謎』飛鳥保存財団
季刊明日香風2『古代の見える風景』飛鳥保存財団
季刊明日香風4『甦る古代のかけ橋』飛鳥保存財団
季刊明日香風6『女帝の時代①』飛鳥保存財団
季刊明日香風7『女帝の時代②』飛鳥保存財団
季刊明日香風9『「興事を好む」女帝―斉明紀の謎』飛鳥保存財団
季刊明日香風10『キトラ古墳・十一面観音と一輪の蓮華』飛鳥保存財団
季刊明日香風11『東明神古墳・古代の日中交流・万葉の薬草』飛鳥保存財団
奈良国立文化財研究所『飛鳥資料館案内』奈良国立文化財研究所
林順治『日本書紀集中講義』えにし書房
宇治谷孟『日本書紀　全現代語訳（上）（下）』講談社学術文庫

歴史読本『日本書紀と古代天皇』２０１３年4月号　新人物往来社
宇治谷孟『続日本紀　全現代語訳（上）（中）（下）』
関裕二『新史論４　天智と天武　日本書紀の真相』小学館新書
森公章『天智天皇（人物叢書）』吉川弘文館
川崎庸之著『天武天皇』岩波新書）
渡辺康則『万葉集があばく捏造された天皇・天智　上　下』大空出版

立美洋『天智・天武　死の秘密』三一書房
中村修也『天智朝と東アジア』ＮＨＫブックス
別冊歴史読本『壬申の乱・大海人皇子の野望』新人物往来社
井沢元彦『誰が歴史を歪めたか』祥伝社黄金文庫

江口孝夫『懐風藻　全訳注』講談社学術文庫
浜島書店『解明日本史資料集』浜島書店
洋泉社『歴史ＲＥＡＬ　敗者の日本史』洋泉社
別冊宝島『古代史15の新説』宝島社
別冊歴史読本『歴史常識のウソ３００』新人物往来社

武光誠『古代女帝のすべて』新人物往来社
別冊宝島『持統天皇とは何か』宝島社
安永明子『井上皇后悲歌　平城京の終焉』新人物往来社

藤井清『旅人と憶良―東洋文化の流れのなかで』短歌新聞社
星野秋水『天の眼　山上憶良』日本文学館
古都太宰府を守る会　都府楼11号『梅花の宴』古都大宰府を守る会
九州国立博物館・太宰府市教育委員会『新羅王子が見た大宰府』九州国立博物館
奈良国立文化財研究所『飛鳥資料館案内』奈良国立文化財研究所
小野寛『大伴家持』笠間書院
高岡市万葉歴史館『越中万葉をたどる』笠間書院
高岡市万葉歴史館『大伴家持』高岡市万葉歴史館
多田一臣『柿本人麻呂（人物叢書）』吉川弘文館
梅原猛『水底の歌　柿本人麻呂論』新潮社
江馬務・谷山茂・猪野謙二『新修国語総覧』京都書房
小学館『ＪＡＰＯＮＩＣＡ大日本百科事典』小学館

【著者紹介】

大杉　耕一（おおすぎ　こういち）

大分県出身　1935年（昭和10年）生
臼杵高　京都大学経済学部卒　住友銀行入行
研修所講師、ロンドン勤務、国内支店長、関係会社役員
61歳より晴耕雨読の遊翁

著書　「見よ、あの彗星を」（ノルマン征服記）日経事業出版社
　　　「ロンドン憶良見聞録」日経事業出版社
　　　「艇差一尺」文藝春秋社（第15回自費出版文化賞の小説部門入選）
編集　京都大学ボート部百年史上巻　編集委員
　　　京都大学ボート部百年史下巻　編集委員長
趣味　短歌鑑賞（ロンドン時代短歌を詠み、朝日歌壇秀歌選に2首採録）
　　　史跡探訪
運動　70歳より京大濃青会鶴見川最シニアクルーの舵手
　　　（世界マスターズの優勝メダル2ヶ）

令和万葉秘帖（れいわまんようひちょう）　――長屋王の変（ながやのおうのへん）――

2019年8月29日　第1刷発行

著　者 ― 大杉　耕一（おおすぎ　こういち）

発行者 ― 佐藤　聡

発行所 ― 株式会社 郁朋社（いくほうしゃ）

〒101-0061　東京都千代田区神田三崎町2-20-4
電　話　03（3234）8923（代表）
ＦＡＸ　03（3234）3948
振　替　00160-5-100328

印刷･製本 ― 壮光舎印刷株式会社

装　丁 ― 宮田麻希

郁朋社ホームページアドレス　http://www.ikuhousha.com
この本に関するご意見・ご感想をメールでお寄せいただく際は、
comment@ikuhousha.com　までお願い致します。

ISBN978-4-87302-702-9 C0093